Herbert Fr[illegible]

Verbotene

禁

Techniken

TRIBUSVERLAG

Impressum:
Bibliografische Information der Deutschen Nationalbibliothek. Die Deutsche Nationalbibliothek verzeichnet diese Publikation in der Deutschen Nationalbibliografie; detaillierte bibliografische Daten sind im Internet über http://dnb.d-nb.de abrufbar.
Veröffentlicht im Tribus Buch & Kunstverlag GbR
Juli 2022
1. Auflage

Lektorat: Kathrin Grunert
Druck: epubli, ein Service der neopubli GmbH, Berlin
Coverdesign: Valmont Coverdesign
Bildmaterial: Canva, Pixabay
Layout: Verena Valmont

Tribus Buch & Kunstverlag GbR
Mittelheide 23
49124 Georgsmarienhütte
Deutschland
Besuchen Sie uns auf:
www.tribusverlag.com

In einem schnellen Strom
angelnd fängt er,
die nach Köder gieren.
Selbst wer den Mund
nur wenig öffnet,
verliert auf der Stelle
sein Leben.
(Koan)

Timo

Als das Tamagotchi endlich in Deutschland erhältlich war, also 1997, und ‚Time to Say Goodbye' in jedermanns Ohr klang, sagte Timo Feldmann Deutschland goodbye und fuhr nach seinem Abitur im März nach Japan. Während er am Flughafen Frankfurt bei Nieselwetter und 13º Celsius noch beinahe fror, schien bei der Ankunft in Tokio wenigstens die Sonne. Sobald er mit dem Flughafenbus kommend, die Skyline von Tokio erblickt hatte, erfüllte ihn ein Kribbeln, erst im Magen, wenig später überall in seinem Körper, bis hin zu den Fingerspitzen. Er war endlich im Judo-Land angekommen. Er würde seinen Traum verwirklichen, zuerst den Erwerb des schwarzen Gürtels und darüber hinaus, fast noch wichtiger, tiefer in die Judotechniken einzudringen.

Dreizehn Jahre vorher, als er mit sechs in die Schule kam, hatte er noch nicht einmal richtig sprechen können. Er war ängstlich und introvertiert gewesen, hatte keine Freunde gehabt und blieb lieber stumm zu Hause. Er konnte Stunden damit zubringen, Türme zu bauen, immer höher, bis sie umfielen. Danach begann er verbissen wieder von vorne. Sein Vater, ein aktiver Judoka, nahm ihn eines Tages mit zum Judo. „Ein Sport", wie ihn sein Vater belehrte, „bei dem du mit der Kraft des anderen, deine eigene Schwäche überwindest."

Im Verein blühte Timo auf.

Er verlor bald jegliche Ängstlichkeit, integrierte sich und wurde zu einem begeisterten Judoka. Sein Vater war zufrieden und förderte ihn, so gut er konnte. Mit zwölf hatte Timo bereits den grünen Gürtel, mit fünfzehn war er zum braunen gestürmt und mit neunzehn stand er kurz vor dem schwarzen Gürtel, Shodan-Rang. Das war der unterste Rang von den fünf Rängen vom schwarzen Gürtel. So etwas war ungewöhnlich für einen Judoka seines Alters, denn mit dem schwarzen Gürtel begannen die Meistergrade.

Was wird schon mein schwarzer Gürtel wert sein, marterte er sich nächtelang. Wenn ich immer nur das tue, was alle anderen tun, werde ich nur das erleben, was alle anderen auch erleben! Und das reicht mir nicht! Ihn reizten die im Sport-Judo nicht erlaubten gefährlichen Schlag- und Tritttechniken, die an seiner Schule und ebenso anderswo nicht gelehrt wurden. Sie gab es, man konnte darüber lesen, aber niemand lehrte sie ihn in seinem Alter. Diese Techniken sollten, wie es hieß, den Gegner vorübergehend kampfunfähig machen, zur Ohnmacht führen oder sogar – töten können. Sprach Timo dieses Thema einmal an, prallte er sofort gegen eine unüberwindliche Mauer. Das machte die Sache für ihn nur noch erstrebenswerter.

„Ein Judoka verletzt seinen Gegner nicht", hieß es von seinen Lehrern, wann immer er solche Techniken erwähnte. Das stimmte natürlich nicht, denn Verletzungen kamen immer wieder vor, wenn auch unbeabsichtigt. Oder es hieß, „alles andere ist nicht Judo. Geh lieber zum Muay-Thai Kick-Boxen, wenn du dir eine blutige Nase holen willst oder lass dir beim Streetfight das Gehirn aus deinem Dickschädel hämmern." Aber Timo war kein Boxer. Er liebte Judo und wollte beim Judo bleiben, jedoch tiefer eindringen, als jeder andere. Er war besessen davon. Es reizte ihn, seinen Gegner nach einem harten Kampf kampfunfähig, ja vielleicht sogar ohnmächtig, auf der Matte liegen zu sehen. Und er über ihm, anstatt – wie beim Sport-Judo üblich – sich nach dem Kampf voreinander ehrerbietig zu verbeugen. Timo wollte mehr erleben als das. Sein Vater hatte ihm immer wieder eingeschärft, beim Judo bis an seine Grenzen zu gehen. Denn nur so würde er sich selbst erkennen. ‚Du musst die Berge zum Einstürzen bringen', hatte er oft gesagt.

Als Timo eines Tages vom Judo zurückkam, war sein Vater, an dem er sehr hing, nicht mehr da. Seine Mutter schwieg über die Gründe. Es hatte Timo das Herz gebrochen, als sein geliebter Vater eines Tages verschwunden war. Kein Abschied. Kein Grund warum. Nichts. Er war einfach weg, als wäre er nie da gewesen. Nur der Spruch von den Bergen war Timo geblieben.

Timo war damals siebzehn und war durch die plötzliche Trennung von seinem Vater so deprimiert, dass er sich eine Zeit lang weigerte, die Schule zu besuchen und sogar sein Judo vernachlässigte. Er stürzte ab, trieb sich, wie ein streunender Hund, mit irgendwelchen Cliquen herum, begann zu stehlen und machte bei Einbrüchen mit. Oft kam er abends nicht mehr nach Hause. Timo gab seiner Mutter die Schuld am Verschwinden seines Vaters, begann sie zu hassen und ihre Beziehungen waren lange Zeit wie ein Minenfeld, das besser nicht betreten wurde.

Er wollte unbedingt ausziehen, wohnte einige Zeit bei einem seiner neuen Freunde und weigerte sich wochenlang, nach Hause zurückzukehren.

Dass sein Vater sich nicht von ihm verabschiedet hatte, trieb ihn zeitweise in den Wahnsinn. Er trauerte ihm nach, mit dem er noch vor kurzem eine Wanderung mit dem Zelt durch den Harz unternommen hatte. Für eine Woche, nur er und sein Vater. Von dem Tag des Verschwindens war es, als wäre ein Schalter in seinem Gehirn umgelegt. Für Timo existierten von nun an Grenzen nur noch, um sie niederzureißen. Er begann, über jeden zu spotten, der sich an Regeln hielt. Und das nicht nur beim Judo, wo er sich immer mehr mit dem Gedanken anfreundete, gerade die Techniken zu erlernen, die verboten waren. Er kam von der Vorstellung nicht los, aufgrund von Wissen und Können, das nur er besitzen würde, Macht und Kontrolle über seine Gegner zu erhalten. Es kitzelte ihn, das Verbotene, und er wurde rastlos wie Luzifer, der gefallene Engel.

Timo hatte in Japan ein knappes halbes Jahr Zeit, zum Wintersemester musste er wieder in Deutschland sein, um sein Informatik Studium zu beginnen. Das hatte er seiner Mutter versprechen müssen. Die ersten Wochen in Japan vergingen schnell. Es war schwierig für Timo. Alles war anders. Er fühlte sich oft, wie auf der Rückseite des Mondes.

Nicht nur, dass man links fuhr, auch die überfüllten Züge, die Hektik und die ständige Höflichkeit nervten ihn ebenso. Und eine Sprache, die er kaum verstand, aber liebte, denn es war die Judo-Sprache. Vormittags besuchte er deshalb eine Sprachschule, um sich wenigstens etwas verständlich machen zu können. Die Zeit danach verbrachte er, nicht selten bis weit in den Abend hinein, bei endlosem und zu Anfang noch eintönigem Training in der Judohalle. Danach fuhr er todmüde, aber überglücklich, zurück ins Studentenwohnheim, denn er war im Judo-Land angekommen. Seinem heimlichen Traum, hier mehr über die verbotenen Techniken zu lernen, die in Deutschland wie hinter einer unübersteigbaren Wand verschimmelten, glaubte er sich endlich ganz nahe.

Vom ersten Tag an mochte er seinen Judolehrer Herrn Nakai. Nakai-Sensei, wie er hier genannt wurde. Er war etwa einen Meter fünfundsiebzig groß, hatte einen sehnigen Körperbau und war wie ein Vater zu ihm. Gleich am Anfang machte er Timo mit ostasiatischen Weisheiten bekannt: ‚Mit leeren Händen ergreife ich den Pflug'. Was er damit sagen wollte, verstand Timo zunächst nicht. Aber allmählich verinnerlichte er, dass man sich frei von aller Theorie und akademischer Wichtigtuerei machen musste. Nur sein Selbst zu sein brauchte, um ein Judoka zu werden. Das war ein Denken ganz nach seinem Geschmack. Er war froh, nach Japan gekommen zu sein.

Im Studentenheim wohnten neun weitere Studenten. Zwei Spanier und außer Kenji da Silva, der halb Japaner und halb Brasilianer war, nur Japaner. Kenji wurde bald Timos engster Freund.

Timo hatte den Platz durch Vermittlung der Judoschule erhalten und zahlte dafür fast die Hälfte von den dreihundert Mark, die er jeden Monat zum Leben von seiner Mutter erhielt. Dazu kam noch die Ausgabe für die Monatskarte von Yokohama, wo das Wohnheim war, bis zur Judoschule im etwa fünfundzwanzig Kilometer entfernten Tokio. Die ersten Wochen hatte es ausgereicht, danach nicht mehr und er war häufig hungrig eingeschlafen. Das machte ihm aber nichts aus. Er war im Land seiner Träume! Vor dem Einschlafen dachte er oft über einen Koan seines Lehrers nach, einen buddhistischen Lehrspruch, den ihm dieser am Tag vorher auf den Weg mitgegeben hatte. Der eine ging: ‚Wie redet man mit verschlossener Kehle und geschlossenen Lippen?' Timo grübelte fast die halbe Nacht und vergaß dabei den Hunger. Die Koans kamen ihm wie eine unendliche Leiter vor, der jedoch die Sprossen fehlten.

Bald nach seiner Ankunft traf er in der Sprachschule Olivia. Und, wie könnte es anders sein, er verliebte sich Hals über Kopf in das schönste Mädchen an der Schule: Rotblondes, gewelltes Haar bis auf die Schultern, blaue Augen wie geputzt, dass ihm schwindlig wurde und ein Mund, so sinnlich, wie aus Tausend-und-eine-Nacht. Als sie gerade *ihn* ansprach und zu einer Willkommensparty bei sich zu Hause einlud, da ging ihm die Stimme entzwei und trieb Hitze in seinen Körper. Und das bei all der männlichen Konkurrenz in der Schule.

Er freute sich über die Einladung, wie ein Kindergartenkind, das einen Lolli geschenkt bekommen hatte und schwänzte vor Glückseligkeit die letzten zwei Unterrichtsstunden. Um sich zu beruhigen, besuchte er eine der Pachinko-Spielhöllen, die an jeder Ecke in Tokio mit lauter Musik auf sich aufmerksam machten und verlor dort am vertikalen Flipperautomaten noch die wertvollen Yen, die er in der Tasche hatte.

„Du, Timo, vergiss nicht, morgen um neunzehn Uhr. Ich erwarte dich pünktlich. Du kannst kommen, so wie du bist, es gibt keinen Smokingzwang", erklärte ihm seine Märchenprinzessin mit ihrem hellen Lachen. Smokingzwang war ein Wort, das er bisher noch nie gehört hatte und ihn umfing eine Ahnung, etwas zu erleben, was er bisher noch nie erlebt hatte.

Am nächsten Abend verabschiedete er sich wie immer mit einer tiefen und langen Verbeugung vor seinem Lehrer. Er würde ihn bald mit seinem Wunsch konfrontieren, etwas über die verbotenen Judotechniken zu erfahren, und sie zu erlernen.

Olivia

Timo duschte in der Judoschule gründlich, aber schneller als üblich. Heute hatte er keine Zeit für irgendwelche Wasserspäße mit den anderen Schülern. und er machte sich mit einer gehörigen Portion Lampenfieber reichlich verspätet auf den Weg in den Stadtteil Hiroo, wo Olivia wohnte. Zwar hatte sie ihm eingeschärft, nichts mitzubringen, aber mit leeren Händen bei einer Party zu erscheinen, das war für ihn ein No-Go. Beliebt waren, seiner Erfahrung nach, Alkohol und Snacks. Manchmal noch etwas Besonderes, das bei Smokingzwang oder nicht, wohl doch nicht in Frage kam.

Er betrat einen 24-Stunden-Laden, die es in Tokio an jeder Ecke gab. Aufgrund seiner angespannten Finanzen, er hatte bereits vor Tagen seine eiserne Reserve angreifen müssen, gab es für ihn nur zwei Möglichkeiten: kok, wie er es nannte, kaufen oder klauen. Er kaufte schließlich eine Packung verschiedener Salzcracker für zweihundert Yen, fast drei Mark! Mit gestohlenen Geschenken wollte er nicht aufkreuzen. Mehr konnte er sich jedoch nicht leisten, und er hoffte, sich bei der Party wenigstens sattessen zu können, damit sich die Investition lohnte.

Nachdem er sich, im Hochhaus angekommen, zunächst bei einem livrierten Portier anmelden musste, ein Fahrstuhl ihn in den vierzehnten Stock gebracht hatte und er über weiche Teppiche schritt, wurde ihm die Tür von einer lächelnden Philippinerin in weißer Schürze geöffnet. Er wusste sofort, dass er hier mit seinen Salzcrackern falsch lag und entsorgte sie verschämt, als er sich unbeobachtet glaubte, in einen Schirmständer. Timo wurde in ein riesiges Zimmer geführt, das von Stimmen wie von einem sanften Meeresrauschen durchzogen war, und es kam ihm vor, als ertränke er in einer ihm unbekannten Welt umherstehender Anzüge und vieler Halbglatzen. Olivia war nirgends zu sehen.

Der Raum war ohne Möbel und die wenigen vorhandenen Sessel und Stühle im nachempfundenen Biedermeierstil waren dicht an die Wand gerückt, wodurch er wie ein Saal wirkte. Die Wände waren weiß und kahl, abgesehen von einer Picasso-Lithographie: Taube mit Olivenzweig, die in einem für ihn unpassend protzigen Rahmen steckte. Ob die Lithographie echt war, überlegte er. Sie hatten das Bild einmal im Kunstunterricht kopieren müssen. Schule, das war schon eine Ewigkeit her.

Natürlich war Timo noch nie bei einer Cocktailparty gewesen. Appetitliche Häppchen mit Lachs und geröstete Brotscheibchen mit Tomaten, Käse und allem möglichem belegt, sowie Muffins, die vom Cateringservice auf silbernen Tabletts mit einem Lächeln angeboten wurden, fanden kaum Beachtung bei den Gästen, dafür umso mehr bei ihm. Und es gab Kaviar! Jedenfalls nahm er an, dass es welcher war, denn nur diese Happen verschwanden schnell. Ein Stück nach dem anderen wanderte auch in seinen Mund und er versuchte krampfhaft, sich dabei nicht zu bekleckern, weil er mit der linken Hand einen Teller mit Serviette und Besteck, das er ohnehin nicht benutzte, balancieren musste.

Dazu noch obendrauf sein Glas Sekt, das er an der Tür erhalten hatte. Er griff dankend nach allem, was sich in seiner Reichweite befand und alles schmeckte ihm ausgezeichnet. Das Kauen entband ihn von der Pflicht, sich mit jemandem unterhalten zu müssen, denn er wusste absolut nicht, über was er mit den Schlips- und Fliegenträgern sprechen könnte. Die Gäste, international wie Tokio, unterhielten sich mit halbvollen Sektgläsern in den Händen gepflegt über für ihn unbekannte Themen, wie Handelshindernisse, Banken und Kursschwankungen. Zudem wurden pausenlos Sekt und Wein und was sonst nicht noch alles angeboten und Timo konnte nicht nein sagen. Wirklich, es war verrückt. Es schien ihm, als ob die Bedienung immer geradewegs nur auf ihn zusteuerte. Er probierte alle Getränke einmal und als er durch war, fing er wieder von vorne an, gemäß dem Wahlspruch seines Vaters: man muss im Leben nehmen, was sich einem bietet.

Irgendwann hatte er genug gegessen und getrunken. Er war satt. Aber Olivia war nicht aufgetaucht und als er nach ihr verzweifelt suchte, konnte er sie nirgends finden. Er wurde unruhig und steckte sich aus Gewohnheit eine Zigarette an, die hier und da bereit lagen, obwohl er das Rauchen eigentlich für sein Judo hatte aufgeben wollen. Er überlegte, ob er überhaupt bei der richtigen Party war. Die Adresse stimmte und man hatte ihn eingelassen. Auf einmal sank der Gesprächspegel auf nahezu null und ein Mann, groß und übergewichtig, sicherlich schon bald an die vierzig, wie Timo vermutete, platzierte sich in die Mitte des Zimmers, räusperte sich und schlug mit einer Kuchengabel leicht gegen sein Sektglas.

„Sicher kennen mich die meisten hier“, stellte er sich vor, „ich bin der Douglas, Douglas Brown, und ich möchte euch alle, auch im Namen meiner Frau, aufs Allerherzlichste begrüßen.“ Seine Stimme klang heller und feiner, als man es von so einem Schwergewicht erwartet hätte. „Wir sind erst vor vier Wochen aus Seattle nach Tokio umgezogen. Unsere Möbel schwimmen noch auf dem Pazifik und nachdem alles eingerichtet ist, werden wir beide zwei wundervolle Jahre in dieser großartigen Stadt verbringen.“ In diesem Augenblick trat eine Frau an seine Seite. Es war Olivia! Der Schock saß. Timo verstand die Welt nicht mehr. In der Schule hatte er sie auf etwas über zwanzig geschätzt und natürlich Single. Der Traum von einer, seiner Märchenprinzessin, war zu schön gewesen, um wahr zu sein. Das war es dann also, sinnierte Timo, wenigstens habe ich mich sattessen können und übergenug getrunken. Damit gab er sich zufrieden und beschloss, nach Hause zu gehen.

Als die Rede zu Ende war, kam Olivia mit einem Lächeln auf ihn zu, als wollte sie ihn zum Traualtar führen. In jeder Hand schimmerte ein gut gefülltes Sektglas. Ihre rotblonden Haare waren raffiniert geflochten und zu einem Dutt hochgesteckt; die Augen glänzten. Sie war eingehüllt in eine Wolke von einem für ihn undefinierbaren Duft, der ihn an das Erdgeschoss von Karstadt in Ulm erinnerte. Sie trug ein trägerloses Abendkleid, das sich wie eine Fischhaut um den Körper schmiegte und ihre schon perfekte Figur seiner Meinung nach noch um weitere zehntausend Prozent steigerte.

Sie war eines von den Mädchen, ging es ihm durch den Kopf, das, wie es heißt, einen schwach machen konnte. Olivia zog ihn in eine Ecke, sie stießen an und tranken auf den Abend.

„Na, wie findest du's hier bei der Party, Timo?" Ohne seine Antwort abzuwarten, nahm sie ihn wie selbstverständlich an die Hand, schlängelte sich mit ihm durch die Reihen der Gäste und stellte ihn zunächst lächelnd einem schmächtigen Mann mit Mittelscheitel vor. Timos Hand glühte in ihrer.

„Darf ich Ihnen meinen Mitschüler Timo von der Sprachschule vorstellen? Er ist ein Judoka und besitzt bereits den schwarzen Gürtel."

„Oh wunderbar! Aber in diesem Fall möchte ich mich lieber nicht mit Ihnen anlegen." Sein dröhnendes Lachen erschreckte Timo. „Ich heiße Peter Jackson und arbeite hier im Konsulat", und damit drückte er Timos Hand, als wäre er ein Schraubstock.

„Ich habe doch noch gar nicht den schwarzen Gürtel", flüsterte Timo Olivia verlegen zu, als sie Hand in Hand weitergingen.

„Ach du, auf die paar Tage kommt es ja nun auch nicht an. Es ist alles nur Smalltalk. Mir gefällt einfach die Vorstellung, dass du einen schwarzen Gürtel besitzt, also hast du ihn auch."

Andere klopften ihm bei der Vorstellung so stark auf den Rücken, dass ihm beinahe einmal das Sektglas entglitten wäre und erzählten allerhand gut gemeinten Blödsinn. Dazwischen wurde immer wieder, ob wer wollte oder nicht, Sekt nachgefüllt und Häppchen wurden vorbeigebracht, von denen er wieder nicht lassen konnte, bis es ihm beinahe übel wurde. Bald wussten fast alle, dass er ein Judoka war und aus Deutschland kam. Seine rechte Hand tat ihm inzwischen ordentlich weh und sein Magen rumorte.

„Du schlägst dich ja prima, Timo, mit deinem höflichen How are you", flocht Olivia immer ein, wenn eine Vorstellung beendet war. „Du passt gut hierher." Timo war sich da nicht so sicher. Zum Schluss standen beide vor Olivias Mann. Der begrüßte Timo mit einem lauten Lachen und legte ihm gönnerhaft die Hand auf die Schulter. Das Olivia dabei immer noch seine Hand festhielt, irritierte ihn.

„Ich bin neugierig, wie es Ihnen in Japan gefällt und besonders, wie Sie mit der japanischen Sprache zurechtkommen. Ist sie nicht verrückt, diese Sprache", dozierte er in seinem breiten Amerikanisch, „mit den vielen Schriftzeichen. Warum schreiben die Japaner nicht, wie alle auf der Welt, mit lateinischen Buchstaben?"

Diesen Einwand fand Timo idiotisch, denn man war hier in einer ganz anderen Kultur, und über eine Milliarde Chinesen schrieben auch nicht mit lateinischen Buchstaben. Tatsächlich waren die Schriftzeichen interessant, wenn man sie einmal lesen konnte, denn sie verrieten viel über sich. Das hatte er inzwischen schon gelernt. Drei Schriftzeichen waren es, die er besonders liebte: Treffen-Körper-Technik, Ate-Mi-Waza. Das waren die drei Zeichen für die verbotenen Schlag- und Tritttechniken. Die konnte er blind aufschreiben. Von oben nach unten, von rechts nach links und von links nach rechts.

Er wunderte sich, was Olivia an einem doch viel älteren und wirklich nicht gerade attraktivem Mann fand, ahnte es aber. So naiv war er nun auch nicht.

Als die Party gegen dreiundzwanzig Uhr endete und er kaum von all dem Alkohol noch aufrecht stehen konnte, bekam er in all dem Trubel von Olivia einen flüchtigen Kuss auf den Mund, der ihn im selben Augenblick wieder zum Leben erweckte.

„Warte auf mich unten in der Eingangshalle! Ich bin in dreißig Minuten bei dir", flüsterte sie ihm ins Ohr. Timo wusste nicht, ob es ihr Ernst war. Ihm war schwindlig, aber er beschloss, auf alle Fälle unten in der Eingangshalle zu warten.

Show-Club

Es war Timo, als wären Tage vergangen, als Olivia endlich in der Eingangshalle erschien. Die Augen waren ihm inzwischen schwer geworden und er hatte mit Übelkeit zu kämpfen. Allein die Aufregung der ersten Cocktailparty seines Lebens und der unvermutete Kuss hielten ihn noch wach.

Olivia hatte sich umgezogen. Sie erschien mit einem hellblauen leichten Kleid, das oberhalb der Knie endete, dazu High Heel-Plateauschuhe, die sie größer als Timo machten.

In ihre nun offenen Haare hatte sie sich zwei bunte Bändchen im Hippie Look eingeflochten. Wenig Schminke, lange falsche Wimpern. Um den Hals trug sie eine Muschelkette und am linken Arm ein breites silbernes Armband. Sie war wie verändert, aber immer noch sehr schick. Sie erschien Timo jünger, nur die sie umgebende Wolke von raffiniertem Duft erinnerte noch an die vornehme Party.

„Opi ist mit seinen Kollegen unterwegs, also machen wirs beide uns gemütlich. Ich will noch etwas von der Nacht haben. Ich bin grade gut drauf und es ist ja noch früh und du kommst mit." Dabei tippte sie Timo auf die Nasenspitze. und das fühlte sich gut an. Sie nahm ihn wieder an die Hand und gemeinsam spazierten sie in die laue Mainacht.

Als ein Taxi vorbeifuhr, winkte Olivia, und es hielt an. Sie nannte eine Adresse im Stadtteil Roppongi und schon tauchten sie in das neonglitzernde Großstadttreiben Tokios ein.

Im Taxi machte sich Timo zum ersten Mal, seit er nach Tokio gekommen war, Sorgen um Geld. Noch rechnete er alles im Kopf in Mark um, eine Mark entsprach siebzig Yen, und mehr als tausendvierhundert Yen hatte er auf keinen Fall in der Tasche. Also gerade mal schlappe zwanzig Mark! Und sie fuhren in einen Club, wie ihm Olivia auf seine Frage, wohin es denn geht, mitgeteilt hatte. „Es ist der Treffpunkt vieler Ausländer", hatte sie mit glänzenden Augen hinzugefügt. „Es wird dir gefallen." Zwanzig Mark war alles von seiner Reserve, was ihm vom Kauf der Cracker übriggeblieben war. Wenn die weg waren, müsste er sich wieder einmal etwas von einem der Studenten im Heim leihen. Sein kok System funktionierte in einem Club bestimmt nicht. Ihm wurde heiß und kalt zugleich.

Sie saßen dicht an dicht im Taxi und Olivia hielt seine Hand. Timo überlegte, ob er sich mit der Ausrede, *wegen Judo morgen muss ich früh raus,* sich nicht besser verdrücken sollte.

„Ich hoffe doch, du bist wenigstens zwanzig", fragte sie mit einem verschmitzten Lächeln. Timo atmete erleichtert auf. Er wusste, Rauchen, Alkohol und Bars waren in Japan erst ab zwanzig erlaubt. Und er war neunzehn! Und selbst wenn er fünfundzwanzig gewesen wäre, er hätte neunzehn gesagt, um für heute aus der brenzlichen Situation herauszukommen. Olivia antwortete auf sein wahres Alter nur: „Oh, cool."

Ihm wurde noch heißer.

„Entschuldige, Olivia. Also“, versuchte er noch einmal davonzukommen, „ich habe kaum Geld eingesteckt, nur ein paar tausend Yen.“ Und das war schon übertrieben. „Ich dachte nicht, dass wir nach der Party bei dir noch irgendwo hingehen würden“, stotterte er mit seinem Schulenglisch. Aber Olivia hörte nicht auf ihn. Ihr Glöckchenlachen sprudelte aus ihr heraus und sie machte eine Handbewegung die wohl sagen sollte: Das macht nichts. Sie regelte am Eingang des Clubs alles mit geübter Hand, wie es Timo schien.

Ehe er sich versah, saßen sie in einem abgedunkelten Raum und auf einem für ihn etwas zu niedrigen, dunkelrot bespannten Sofa vor einem flachen Glastisch. Die Wände waren in zartem Rosaton gehalten, der Boden mit einem dunkelgrünen Teppich ausgelegt. Im Hintergrund ertönte dezent klassische Musik. Alles glänzte in Samt und Seide.

Goldene zweiarmige Leuchter standen auf den Tischen und dazu gab es in der Mitte des Raumes unter der Decke noch einen prunkvollen Kronleuchter, der über einem rotseidenen Diwan thronte. Nur gut, dass der nur schwach glomm, sonst hätte Timo sich in seinem Aufzug doch noch geschämt. Er passte mit seinen abgeschabten Jeans und den heruntergelaufenen Tretern nicht recht an diesen Ort. Es war zu vornehm. Aber das war nichts Neues für ihn, schon Normalität, denn seit der Party heute Abend war er wie mit Geisterhand in eine andere, ihm fremde Welt verschoben worden und er ließ es sich gern gefallen.

Ein langbeiniges Mädchen im kurzen engen gelben Kleid mit Spaghettiträgern, das ihm wie ein Mädchen ausgeschnitten aus irgendeinem Manga vorkam, brachte unaufgefordert mit einem Lächeln eine Flasche Sekt, sowie Whisky, Wein im Weinkühler und Wasser, dazu Snacks und einen Fruchtkorb. Timo winkte ab, er wollte nichts. Er konnte absolut nichts mehr essen, und getrunken hatte er mehr als genug. Als er an die Rechnung dachte, wurde ihm sofort mit seinen zwanzig Mark in der Tasche wieder übel.

„Das gehört hier im Club immer dazu", kicherte Olivia, als sie Timos verschrecktes Gesicht sah. „Das ist alles im Preis inbegriffen. Ich mag auch nichts mehr essen und so etwas sowieso nicht. Sie bringen das immer. Lassen wir's einfach stehen. Und trinken kannst du so viel du willst, aber der Wein ist nicht besonders, doch der Whisky ist okay." Olivia war also nicht zum ersten Mal hier!

Das junge Mädchen kniete vor ihnen nieder, strahlte beide freundlich an, entkorkte geschickt die recht teuer aussehende Sektflasche und schenkte beiden vorsichtig ein.

„Also Timo, auf einen geilen Abend!" Die beiden ließen die Sektflöten klingen. „Es wird dir hier bestimmt super gefallen", und dabei küsste sie ihn vor der Bedienung auf den Mund. Timo war wie benommen. War das eine Einladung? Timo atmete aus, es war bestimmt eine, oder was sonst, beruhigte er sich.

Das langbeinige Manga-Mädchen erkundigte sich, ob noch weitere Getränke gewünscht werden und Olivia bestellte, wie nebenbei, zwei Tequila.

Timo merkte, wie Eiswasser seinen Körper durchzog und sich bis in die Fingerspitzen ausbreitete. Neben ihm saß die junge hübsche Frau eines Bankmanagers, und er war ein mittelloser Judoka. Was wollte er hier? Ihrer beiden Leben waren tausende Lichtjahre voneinander entfernt. Der Sekt kam zu Hause von Aldi und angestoßen wurde nur einmal im Jahr zu Silvester. Was war das für ein armseliges Leben gegen das hier! Er befühlte die Yen-Scheine in seiner Hosentasche, zerknüllte sie und trank den Sekt mit einem Zug aus.

Als er sich Sekt nachfüllen wollte, huschte das langbeinige Mädchen zum Tisch, kniete sich vor ihm hin, wobei ihr gelbes Kleid weit nach oben rutschte und schenkte ihm formvollendet ein. Und als er sich eine Zigarette anstecken wollte, gab sie ihm lächelnd Feuer und berührte dabei sacht seine Hand. Timo gefiel das.

In was für eine Welt bin ich nur hineingeraten? Er gab sich den Befehl, alles zu genießen und nie mehr an Kohle zu denken, die er sowieso nicht hatte, und die Zeit hier mit Olivia zu genießen. Vielleicht war es ja auch alles nur ein Traum, ein wunderschöner Traum. Es war auf jeden Fall klüger, sich jetzt nicht in die Backen zu kneifen. Er legte seinen Arm fest um Olivia und den Kopf an ihren.

Plötzlich dröhnte von der Bühne her aus vier übergroßen Lautsprechern Popmusik. Discokugeln verwirbelten bunte Flecken über den Raum und die Show begann. Acht junge Männer, nackt bis auf knappe, bunt bedruckte Boxershorts, begannen auf der Bühne langsam zu tanzen. Jeder hatte eine Rose in der Hand. Die Tänzer waren eingeölt und ihre samtbraune Haut glänzte. Wie fast alle jungen Japaner hatten sie kaum Hüften.

Es machte Timo Spaß, ihnen zuzuschauen, wie sie ihre durchtrainierten Körper gekonnt lässig im Rhythmus der Musik bewegten. Von den anderen Tischen wurde den Tänzern etwas zugerufen. Timo schlug das Herz so heftig, dass er beinahe vor Begeisterung mitgerufen hätte. So etwas hatte er noch nie erlebt. Erregung ließ seinen Körper erzittern.

Die da riefen, das war eine Gruppe junger Frauen in einer Ecke des Saales. Ein Kreischen und Klatschen ging durch den Raum, wenn sich einer der Tänzer an die Shorts fasste und wie Michael Jackson zuckte. Zwei von ihnen sprangen rechts und links von der Bühne. Sie reckten ihre schlanken nackten Oberkörper, tänzelten locker bis dicht an die Gruppe und ließen sich von den, wie Teenager bei einem Backstreet-Boys-Konzert kreischenden, Besucherinnen, Yen-Scheine in ihre Boxershorts stopfen. Die verbliebenen sechs tanzten auf der Bühne im zuckenden Licht, hoben langsam die Rosen in die Höhe und steckten schließlich die Stängel zwischen ihre blendend weißen Zähne.

„Wen von denen holen wir uns an unseren Tisch?", lallte Olivia und stieß Timo an. „Wen magst du am liebsten von den süßen Boys?", kicherte sie in sich hinein. Timo war die Zunge wie angenäht. Er stammelte etwas vor sich hin und trank hastig, um sich zu beschäftigen, obwohl er wusste, dass er schon über genug hatte. Er lehnte sich zurück und ließ sich von dem immer lächelnden Mädchen, das sie bediente, wieder eine Zigarette anzünden, obwohl er heute nicht mehr rauchen wollte. Dabei spürte er abermals ihre weiche Hand, als sie ihn flüchtig berührte.

„Wir holen uns den Dritten von links", säuselte Olivia. Timo nickte, spitzte seine Lippen und beschloss, alles auf sich zukommen zu lassen. Auf Olivias Wink schlüpfte ihre persönliche Bedienung herbei, der sie etwas ins Ohr flüsterte. Wie ein Pfeil kam der dritte Tänzer von links an ihren Tisch geschossen. Er hatte dunkelrot gefärbte Haare, die ihm bis auf die Schultern reichten, einen schön geformten Mund und dunkle Augen, die stets in Bewegung waren, ein vollkommener Player.

„Hallo, ihr beiden Süßen. Ich bin Akira, vierundzwanzig Jahre alt, Student und diese Rose ist für deine Allerliebste", stellte er sich vor und blickte Timo mit einem verschmitzten Lächeln an, während er Olivia die Rose galant überreichte. Olivia umarmte den Tänzer und steckte ihm kichernd ein Bündel Yen-Noten in die Boxershorts.

„Na Timo, sag, wie gefällt dir meine Wahl?" Olivia verschluckte sich fast beim Kichern. „Akira ist doch ein süßer Boy, oder?" Timo verschlug es den Atem bei all der Nacktheit des Tänzers neben ihm.

„Ja, super", brachte Timo gerade noch hervor, ehe seine Stimme versagte. Als der Tänzer sich an Olivias Seite setzte, glaubte Timo zu erkennen, dass sich dessen Boxershorts ausbeulten.

„Heute dürfen bei mir nur die Frauen anfassen", bemerkte Akira lachend in gutem Englisch und dabei schob er ungeniert seine gespannten Boxershorts dicht an Olivia. „Für dich, Timo, kommt gleich meine Partnerin Chiyoko, sie wird dir bestimmt gefallen. Sie steht auf blonde Ausländer wie dich. Und wie ich gerade erkenne, deiner ist auch nicht zu verachten", gluckste er.

Timo hielt im Reflex erschrocken seine Hand über die eben erwähnte Stelle.

Die Bedienung stellte die zwei Tequila auf den Tisch und reichte dem Tänzer eine neue Flasche Sekt, die er mit einem Kopfnicken bestellt hatte, obwohl die erste noch halbvoll war. Er nahm sie dem Mädchen aus der Hand, entkorkte sie persönlich und füllte lässig seinen beiden Gästen und sich unter aufmunterndem Lächeln die Gläser, bis sie überschäumten. Alle drei stießen auf fünfundvierzig geile Minuten an, wie Akira mit breitem Grinsen hervorbrachte. „Aber Verlängerungen sind möglich", fügte er mit einem frechen Lächeln hinzu. Er lehnte sich gemütlich zurück, und während er seine Brust- und Bauchmuskeln unter seidig brauner Haut spielen ließ, deponierte Olivia ihre Hand auf die Beule seiner Boxershorts und begann sie langsam hin und her zu bewegen.

„Du bist doch der Schönste von allen hier, Akira, mein Liebling. Ich hatte richtig Sehnsucht nach dir." Sie trank dabei hastig und stieß, Timo kam es wie mit Absicht vor, dabei die Sektflasche um und Sekt lief über die Boxershorts und die Beine des Tänzers auf den Boden, dass es aussah, als hätte sich der Tänzer in die Hosen gemacht.

„Hey Liebste, pass doch auf! Jetzt muss ich die nasse Hose ausziehen", rief er nicht wirklich ernst, eher mit einem breiten Grinsen, und begann Millimeter um Millimeter seine Boxershorts herunterzuziehen, während er Olivia fixierte. Beide kicherten und Olivia bestellte lauthals eine neue Flasche Sekt.

„Schau Akira, mein Begleiter ist rot geworden", platzte sie heraus und zwinkerte Timo zu.

Der wusste nicht mehr, wo er hinblicken sollte, während Akira weiter und weiter seine Hose nach unten zog. Mit einem kleinen Handtuch kam das langbeinige Mädchen herbeigehuscht und tupfte unter Lächeln auf die Shorts. Timo hatte zuerst nicht bemerkt, dass sich inzwischen Akiras Partnerin Chiyoko neben ihn gesetzt hatte. Sie trug eine über dem Bauchnabel zugeknotete dünne Bluse, die ihre zarten Brüste erahnen ließ, Hotpants und Stiefel und legte ohne Umstände ihren Arm um Timo.

„Hallo ihr drei, ihr scheint euch ja köstlich zu amüsieren, was gibt es denn so Interessantes?“ Chiyoko sprach ebenfalls Englisch, aber mit einem starken amerikanischen Akzent. Sie bestellte sich einen Wodka Lemon und dazu zwei kleine Schokoladen-Muffins. Der Fruchtkorb blieb weiter unangerührt. Nur Akira hatte sich ab und zu genüsslich eine Traube zwischen die Lippen geschoben und Olivia in den Mund geküsst. Das Gespräch drehte sich in aller Offenheit um die nassen Boxershorts von Akira.

„Schäme dich mal, Akira, in die Hosen Pipi zu machen und das vor unseren lieben Gästen“, platzte Chiyoko mit einem schrillen Lachen heraus, die sich inzwischen fest an Timo geschmiegt hatte. „Die musst du jetzt ganz ausziehen.“ Timo trank Sekt und Tequila, glaubte sich verhört zu haben, legte seinen Arm fest um Chiyoko und war glücklich wie noch nie.

Der Club hatte sich inzwischen mit ausgelassenen Gästen gefüllt und auf allen Tischen bemerkte Timo Fruchtkörbe und jede Menge Flaschen. Tatsächlich konnte er viele Ausländer ausmachen, eng an eng mit Japanerinnen in Konversation vertieft.

An einem der Tische entdeckte er den Herrn mit Mittelscheitel vom Konsulat, dicht neben zwei Tänzern sitzend. Einer hatte sich über ihn gebeugt und küsste ihn. Zwei Rosen steckten in einer Weinflasche.

Ob der auch Sekt auf deren Boxershorts gegossen hatte, fragte sich Timo mit heimlichem Vergnügen. Dass hier in fünfundvierzig Minuten viel mehr ausgegeben wurde, als er für eine Monat zum Leben hatte, war augenscheinlich. Und er, Timo Feldmann aus der Nähe von Ulm, war dabei und fühlte sich super.

Sein Geist war in Aufregung, er konnte nicht mehr ruhig sitzen, er musste etwas unternehmen. An allem teilhaben. Er winkte das langbeinige Manga-Mädchen herbei und bestellte aus einem Impuls heraus, etwas Verrücktes anzustellen, für sich, Chiyoko, Olivia und Akira je einen doppelten Napoleon. Warum, das wusste er selbst nicht. Einfach nur mal so zum Anstoßen, Spaß haben oder auf Boxershorts zu kippen.

Blut schoss ihm plötzlich in den Kopf. Für einen Augenblick fürchtete er, ohnmächtig zu werden. Tausend Nadeln stachen in seine Haut. Es verging so schnell, wie es gekommen war.

Erleichtert umarmte er Chiyoko, als brauchte er eine Stütze, konnte nicht anders und führte seine Zunge tief in ihren warmen Mund. So ausgiebig hatte er noch nie geküsst. Chiyoko ließ es geschehen und schlang ihre Zunge um seine. Er ließ sie nicht mehr los, fühlte ihre Hand zwischen seinen Beinen und wurde steinhart.

Es durchzuckte ihn, als hätte er in eine Tausend-Volt-Steckdose gegriffen, als sie begann, seine Jeans zu öffnen.

Verschwommen sah er ein langbeiniges Mädchen auf einem silbernen Tablett lächelnd die vier Napoleon balancieren und Olivia, wie sie sich über den Tänzer Akira beugte, ihn küsste und ihre Hand in dessen Boxershorts wühlte.

Danach

Wie gerne wäre Timo noch bis zum Morgen in dem Show-Club geblieben, mit Chiyoko oder mit Olivia in andere Locations gezogen und hätte weiter mit Champagner gefeiert. Er konnte einfach nicht genug bekommen. Als er sich schon ein Abenteuer mit Chiyoko ausmalte, nahm das Gesicht Olivias schlagartig die Farbe einer frisch getünchten Hauswand an.

„Komm Timo, lass uns gehen." Ihre Stimme war brüchig geworden. „Mir ist schlecht." Sie hustete und wollte nur noch schnell nach Hause. Was darauf passierte, daran erinnerte sich Timo später nur noch vage. In seinem, von Alkohol betäubten Gehirn, herrschte ein heilloses Durcheinander.

Auf jeden Fall hatte sich der Tänzer seine Boxershorts sofort hochgezogen, Olivia taktvoll auf die Beine geholfen und sich bei beiden für ihr Kommen freundlich bedankt. Er hatte sich vor ihnen verneigt, mit besorgter Miene gefragt, ob alles in Ordnung sei und sich nach Olivias Kopfnicken mit einem „Passen Sie bitte auf Ihre süße Freundin gut auf" von Timo verabschiedet. Das langbeinige Manga-Mädchen hatte sie nach draußen begleitet, ein Taxi herbeigewinkt, und Olivia war damit abgerauscht. Die Glitzerwelt zerfiel mit dem Zuschlagen der Taxitür wie ein Vampir bei Tagesanbruch zu Staub. Timo stand da, blieb allein zurück.

Olivia hatte ihm noch schnell zehntausend Yen für ein Taxi, wie sie geflüstert hatte, zugesteckt, aber es würde nie bis zum Studentenheim in Yokohama reichen. Züge fuhren um diese Zeit noch nicht und das unvermutete Einkommen mit einer Taxifahrt zu verplempern sah Timo nicht ein. Der Kopf fühlte sich an, als hämmerte jemand tausend Nägel in seine Schädelwand. Ihm wurde unvermittelt so schlecht, dass er nicht wusste, wie ihm geschah. Er taumelte in einen Kaufhauseingang und übergab sich. Sein Erbrochenes spritzte gegen Schaufensterscheiben, auf den Boden, seine Sneakers und färbte alles gelblichbraun. Es stank nach Essig.

„Es war zu viel Alkohol gewesen", keuchte er, „aber geil war es auf jeden Fall." Ein Kichern kippte aus seinen Lippen. Als er sich ein wenig besser fühlte, torkelte er durch die immer noch belebten Straßen, stieß mit jemandem zusammen, stolperte und rappelte sich wieder auf.

Wenn ich es nur irgendwie bis zum Shibuya-Bahnhof schaffe, hämmerte das Ziel seines Heimwegs in seinem Schädel, dort kann ich in den ersten Zug nach Yokohama einsteigen und etwas ruhen. Er musste sich erneut erbrechen, dieses Mal nicht so viel, und verbarg sich dabei im Schatten einer Hauswand. Danach ging es ihm besser. Keiner kümmerte sich um ihn. Der noch aktive Alkoholteufel machte ihm immer mehr Lust, irgendetwas anzustellen, etwas total Verrücktes, Unerlaubtes, etwas alle Grenzen Überschreitendes. So wie im Club von eben, als Akira begann, vor Olivia und ihm seine mit Sekt bespritzten Boxershorts langsam herunterzuziehen.

In seinem Kopf lärmte eine Kettensäge.

Ihm war einfach danach, den Lack eines parkenden Autos, beim Vorbeigehen mal locker mit dem Haustürschlüssel zu zerkratzen, wie früher mit seinen Kumpels.

In der Hosentasche hatte er zehntausend Yen, das waren mehr als einhundertdreißig Mark! Das wurde ihm nach und nach bewusst, als der Druck des Alkohols auf sein Denken und seine Wahrnehmung langsam nachließ. Er wurde ruhiger und begnügte sich damit, einige falsch abgestellte Fahrräder umzuwerfen.

Er würde Olivias Level an Luxus nie erreichen, so sehr er sich auch danach sehnte. Aber er könnte daran arbeiten. Er benötigte eine Einnahmequelle, um wenigstens etwas mithalten zu können.

Nach dem Verschwinden seines Vaters, das er immer noch nicht überwunden hatte und wohl niemals verkraften würde, hatte er einmal bei einem Einbruch einen Stapel Schulbücher mitgenommen. Daran erinnerte er sich jetzt. Obwohl seine Kumpel darüber lachten, dass er ausgerechnet Schulbücher wegschleppte, hatte er eine Win-Win-Situation geschaffen, auf die er noch lange stolz war. Er verdiente am Verkauf in der Schule, und weil einige seiner Käufer ihren Eltern den Originalpreis berechneten, blieb denen ein gutes Taschengeld. Ob er hier in Japan auch so etwas aufziehen könnte? Eher brauchte er einen regulären Nebenjob, der ihm genug einbrachte, jedoch wahrscheinlich auf die Knochen ging, um die Menge an Geld zu verdienen, die ihm vorschwebte. Verwöhnte Mädchen sind halt teuer, dachte er und grinste in sich hinein. Nur, das bedeutete, dass er Abstriche machen müsste mit seinem Vorsatz, sich gänzlich dem Judo zu verschreiben. Er hatte Durst nach Olivias Leben.

Neben Judo stand jetzt auf Platz zwei Olivia. Das nächste Mal wollte er sie mit seinem verdienten Geld beeindrucken, irgendwohin groß einladen und verwöhnen.

Timos Gehirnzellen rauften sich zusammen. Vielleicht konnte ihm Taemin helfen. Der Typ war der Büroleiter in der Sprachschule und Koreaner. Er sah immer etwas verbeult aus. Aber der Kerl war echt nett und der hatte ihm zudem verraten, wo man umsonst zu Mittag essen konnte. Das hatte ihm von Anfang an ungemein bei seiner klammen Finanzlage geholfen. „Hör mal zu", hatte der ihm eines Tages in seiner typisch verwaschenen Aussprache gesagt: „In der Lebensmittelabteilung von dem großen Kaufhaus am Shibuya-Bahnhof biet'n die an viel'n Ständen kleine Portionen zum Probieressen an. Kostet nichts. Du kannst dir einfach was nehm' oder zubereit'n lass'n und dich durchfuttern. Die sind immer freundlich und zu blonden Ausländern wie du sowieso."

Diesen Rat befolgte Timo gerne, wenn auch anfangs nicht jeden Tag. Er hatte sich gescheut, weil es ihm fast wie betteln vorkam. Irgendwann war es ihm egal geworden, und er wurde in der Lebensmittelabteilung bekannt, wie ein streunender Hund. Zu seinem Erstaunen schickte ihn niemand weg. Satt wurde er allerdings nie. An manchen Tagen gab es keine Probierstände und das Mittagessen fiel aus. Dann musste er sich etwas mit seinem kok System besorgen, mit Gewicht auf dem zweiten K.

Auf jeden Fall konnte Taemin einigermaßen Englisch, und das war für Timo wichtig, denn mit seinem Japanisch kam er nicht weit. Er müsste morgen unbedingt mit ihm sprechen und wenn dabei auch eine noch so blödsinnige Arbeit für ihn heraussprang. Es half alles nichts.

Heute würde er erst einmal bis zum Judotraining ausschlafen und Kräfte sammeln. Das bedeutete, dass er den Unterricht am Vormittag in der Sprachschule schwänzte. Aber die japanischen Verbalsuffixe und deren Unterschiede im Vergleich zwischen Umgangssprache und Schriftsprache, interessierten ihn nach der Party und dem Besuch im Show-Club herzlich wenig. Allein den Judo-Unterricht wollte und konnte er auf keinen Fall ausfallen lassen. Den schwarzen Gürtel durfte er auf keinen Fall aus den Augen verlieren. Deswegen war er nach Japan gekommen. Entgleisen durfte er nicht. Und sein Wunsch, die verbotenen Techniken kennenzulernen und vielleicht einmal auszuprobieren? Timo nahm sich vor, endlich mit Nakai-Sensei darüber zu sprechen. Möglichst noch heute Abend, gleich nach dem Training.

Die Silhouette vom Shibuya-Bahnhof zeichnete sich endlich am fahlen Morgenhimmel ab, die paar Sterne waren verschwunden. Mit letzter Kraft kam Timo auf dem Bahnhofsvorplatz mit seinen drei riesigen elektronischen Reklametafeln an, die ununterbrochen Werbung in die Köpfe vorbeieilender Passanten trommelten, an der berühmtesten Kreuzung der Welt. Schatten stolperten über den Vorplatz. Ein neuer Tag begann; er war noch im alten gefangen. Die in Tokio allgegenwärtigen Krähen befanden sich um diese Zeit weit in der Überzahl und suchten geschäftig, was die Nacht ihnen übriggelassen hatte.

Bald würden die ersten Züge nach Yokohama starten. Bis dahin wollte er der Schwerkraft nachgeben und sich auf einer Bank im Bahnhof bequem ausstrecken und etwas schlafen.

Er hatte zwar nur einen Teelöffel voll von einer ihm bisher unbekannten Welt gekostet, aber er konnte davon nicht mehr lassen. Es war wie Heroin für ihn: Die Party mit Kaviar, die weltumfassenden Gespräche mit Sekt und die lässige Freizügigkeit im Club. Das Planschen mit Champagner und das Fehlen aller Tabus nahmen ihn gefangen. Er war auf den Geschmack von Reichtum und grenzenloser Freiheit gekommen und sofort süchtig nach mehr geworden.

Natürlich hatte er schon davon gehört, jedoch nichts davon hatte er geglaubt. Jetzt wusste er, dass es so etwas gab. Das Tor zum Paradies war weit geöffnet. Er hatte so etwas wie den Himmel auf Erden gefunden. Es blieb nur noch ein kleines Problem: Geld! Darüber schlief er ein und verpasste die ersten Züge nach Yokohama.

Am Ziel

Nach der ersten Cocktailparty seines Lebens und der Nacht in der verrückten Bar mit Olivia, den halbnackten Tänzern und Chiyoko, die ihn ordentlich angemacht hatte, verschlief Timo am folgenden Morgen die Sprachschule.

Am frühen Nachmittag machte er sich mit alkoholverwüstetem Kopf zum Judo auf. Sein Motto *Alles fürs Judo* hatte gestern eine heftige Schlagseite bekommen. Die frische Luft bis zum Bahnhof tat ihm gut und seine Lebensgeister meldeten sich, einer nach dem anderen, zurück. Nein, Judo war seine Nummer Eins. Als er im Zug nach Tokio zur Judoschule sogar sitzen und seine Gedanken sammeln konnte, beschloss er, am Abend mit seinem Lehrer über die im Sport-Judo verbotenen Techniken zu sprechen. Hatte er sich nicht inzwischen super in der Judoschule eingelebt und mit seinem Lehrer ein freundschaftliches Verhältnis aufgebaut? Hatte der ihm nicht neulich anerkennend die Hand auf die Schulter gelegt?

„Ich denk, er mag mich. Heute gilt's!", flüsterte er in sich hinein und schloss die Finger seiner rechten Hand zu einer Faust. Seit einer Woche hatte er vorsorglich einige höfliche Redewendungen aus dem Sprachunterricht auswendig gelernt, womit er aber noch nicht weit kam. Es war gut, dass sein Lehrer Englisch verstand.

Neben ihm unterrichtete er auch zwei Amerikaner, die schon etwas älter waren. Für die Anliegen der drei Ausländer war er immer aufgeschlossen.

Timo versuchte, beim Training seiner Müdigkeit und wachsenden Aufregung, nachher mit seinem Lehrer zu sprechen, Herr zu werden, und er benötigte weit mehr Zeit als sonst, sich auf die Übungen und Kämpfe zu konzentrieren, ehe es ihm gelang, wieder der Alte zu sein. Die Zeit verging für Timo im Schneckentempo. Seit der letzten Übungseinheit am Abend waren schon mehr als dreißig Minuten vergangen und die Trainingshalle, das Dojo, hatte sich endlich allmählich geleert. Timo machte sich bereit, verließ die Halle, spritzte sich kaltes Wasser ins Gesicht und kehrte zurück. Sein Lehrer saß in Judokleidung im Schneidersitz auf einer Tatamimatte in einer Ecke und hatte die Augen halb geschlossen.

Timo war sich sicher, dass sein Lehrer stets alles genau beobachtete. Einige Schüler trainierten immer noch in der Mitte der Hallewieder und wieder Falltechniken, andere wendeten diverse Griffe im freien Kampf, dem Randori, an. Timo straffte seine weiße baumwollene Judojacke und band den braunen Gürtel neu. Nachdem sein Herz wieder normal schlug, ging er zu seinem Lehrer, verbeugte sich und hockte sich seitwärts von ihm auf die Fersen. Er neigte den Kopf bis fast auf den Boden und legte die vor Aufregung feucht gewordenen Handinnenflächen, auf die Tatamimatte. Diese respektvolle Haltung schuldete er seinem Lehrer und es war ihm egal, ob dieser sie bemerkte oder nicht. Ohne seine Stellung zu verändern sprach er Nakai-Sensei flüsternd an.

„Darf ich mir erlauben, Sie für einen Augenblick zu stören, Nakai-Sensei? Bitte, sehr verehrter Meister Nakai, entschuldigen Sie meine Aufdringlichkeit." Timo richtete sich halb auf, sah seinen Lehrer wartend an und als der kaum merklich nickte, wechselte er ins Englische. Gerade als er ansetzen wollte, verschlug es ihm jedoch die Sprache. Timo panikte für einen Augenblick. Er schluckte seine Bangigkeit hinunter, räusperte sich und setzte noch einmal an. „Es gibt Techniken, sehr verehrter Meister, die ich gerne erlernen möchte. Nicht als Show bei Vorführungen, sondern im tatsächlichen Kampf." Timo schaute seinen Lehrer erwartungsvoll an. Der hatte die Augen jetzt vollständig geschlossen und blieb stumm. In die Stille hinein fuhr Timo mit fester Stimme fort: „Ich denke an die Techniken, die, wie es heißt, den Gegner unter Umständen kampfunfähig machen könnten."

Jetzt war es raus. Alles versank um ihn, nur eines zählte: die Antwort seines Lehrers. Aber der blieb weiterhin stumm, die Augen geschlossen. Timo biss sich auf die Lippen. Er fühlte Schweißtropfen den Rücken herunterrinnen. „Es sind Judotechniken, wie alle anderen", wisperte er. *Wie alle anderen*, sollte wie nebensächlich klingen, es gelang ihm nicht. Seine Stimme wurde heiser. „Ich meine, das gehört alles zum Judo und was ist schon ein schwarzer Gürtel wert, wenn man nicht immer weiter in die Materie eindringt?" Unsicher schaute er auf. War er zu weit gegangen? Denn er sprach zum Inhaber eines schwarzen Gürtels. Timo schluckte und senkte den Blick. „Bitte, sehr verehrter Meister, sprechen Sie zu mir. Es ist sehr wichtig für mich", flehte er.

Sein Lehrer hatte bisher dagesessen, ohne den Schatten einer Veränderung seiner Gesichtszüge. Timo wagte nicht, sich zu regen, als Nakai-Sensei endlich seine Lippen bewegte.

„Du weißt", sprach er mit leiser, aber fester Stimme, „solche Tritt- und Schlagtechniken können zu gefährlichen Verletzungen führen, sogar zum Tod. Sie haben im Judo keinen Platz." Timo seufzte leise. Die Antwort, *sie haben im Judo keinen Platz,* hatte er nicht erwartet. Er war in Japan und nicht in Deutschland. Dennoch war die Antwort dieselbe. Auch im Herkunftsland des Judo wurde er abgewiesen. Wie sollte er sich praktisches Wissen aneignen, wenn er überall zurückgewiesen wurde?

„Wozu sich um etwas kümmern", fuhr sein Lehrer fort, „was man nie bei einem Wettkampf benutzen darf? Ich als Judoka kann mir nicht vorstellen, einen anderen Menschen zu schlagen oder zu treten und ihn dabei vielleicht lebensgefährlich zu verletzen. Solche Techniken gehören nicht zu unserem Judo."

Timo schluckte seine Enttäuschung hinunter. Aber er war nicht tausende Kilometer in dieses Land gereist, um sich eine Abfuhr zu holen. Dazu war er nicht bereit. Er bezähmte seine Enttäuschung und seine Unruhe, so gut er konnte. Er durfte nicht aufgeben.

„Bitte, Nakai-Sensei, erzählen Sie mir wenigstens etwas darüber", hauchte er. Sein Meister wischte mit der rechten Hand durch die Luft, um ihn zum Schweigen zu bringen.

„Es geht nicht. Du bist ein aufmerksamer Schüler und ich mag dich, aber du bist noch viel zu jung. Solche Techniken sind für reife Judokas, die schon jahrelang trainiert haben und sie sind nur als Übung für Körper und Geist gedacht. Niemals jedoch für einen Kampf. Du bist ein guter Schüler. Aber eben noch ein Schüler. Du bist noch ein Kind. Dir fehlt die Reife des Alters, um die Folgen abzuschätzen." Timo schluckte das Kind herunter.

„Ich trainiere seit dreizehn Jahren, sehr verehrter Meister", erwiderte er leise, aber bestimmt. Sein Lehrer lachte laut auf, es wirkte bitter. „Dreißig reichen nicht aus!" Beide schwiegen, nur das Aufklatschen der noch trainierenden Judokas beim Fallen auf die Matten untermalte die Stille. Timo konnte und wollte nicht kapitulieren.

„Bitte, Nakai-Sensei", flüsterte Timo mit belegter Stimme, „verehrter Meister, ich habe nicht die Absicht, diese Techniken zu erlernen und schon gar nicht sie zu benutzen, sondern mich verlangt allein, etwas mehr über sie zu erfahren. Deswegen bin ich nach Japan, zu Ihnen, gekommen. Ich möchte von Ihnen erfahren, wie man die Faust oder den Arm korrekt halten muss, wie sich Fuß oder Knie exakt beim Treten zu bewegen haben. Hat nicht Sakujiro Yokoyama einmal darüber geschrieben?" Auf dem Gesicht seines Lehrers erschien ein Lächeln.

„Du weißt schon gut Bescheid, Timo. Doch das war vor über hundert Jahren. Heute ist Judo eine olympische Sportart und deswegen muss es für alle Beteiligten fair zugehen. Zur reinen Information, und allein dazu, gibt es genügend Literatur mit Beschreibungen über alle Bewegungsabläufe. Dafür brauchst du mich nicht. Wenn du fleißig Japanisch lernst, kannst du später einmal das Standardwerk ‚Judo' von Uchida Ryohei im Original lesen.

Da findest du alles, was du wissen willst. Aber es ist besser, du konzentrierst dich im Augenblick auf das, was für einen guten Wettkampf wichtig ist. Dein nächster Grad, der schwarze Gürtel, hat nichts mit solchen gefährlichen Techniken zu tun."

„Ich möchte es nur einmal sehen", presste Timo hervor, „bitte, Nakai-Sensei. Das ist alles." Erneut herrschte Schweigen zwischen ihnen. Timo neigte den Kopf so tief, dass die Stirn fast den Boden berührte, um seiner Bitte mehr Nachdruck zu verleihen. In dieser Stellung verharrte er für fast eine Minute, bis sein Lehrer ihn leicht an der Schulter berührte.

„Nein", sprach er, „du bist noch zu jung dafür. Dir fehlt das seelische Gleichgewicht. Ich kann das nicht verantworten. Es ist eine gefährliche Sache. Im Judo wird der Gegner niemals kampfunfähig geschlagen. Ein K.O. wie beim Boxen gibt es bei uns nicht."

Timo wusste, dass er seinen Kopf jetzt nicht heben durfte und blieb unbeweglich in der demütig bittenden Stellung vor seinem Meister. Sein Körper versteifte sich. Minuten vergingen. Timo schob seinen Unterkiefer vor. Er würde nicht aufgeben, auch wenn er hier bis zum nächsten Morgen knien müsste. Canossa kam ihm in den Sinn. Der König Heinrich IV. hatte auch nicht aufgegeben und solange vor dem Papst gekniet, bis er erreicht hatte, was er wollte. Das Schweigen seines Lehrers empfand Timo als Kommunikation mit ihm, als Prüfung, die er bestehen musste.

Nakai-Sensei betrachtete lange den vor ihm knieenden Judoka.

Vom ersten Tag an hatte er dessen entschlossene Hingabe bewundert und die innere Glut seines Schülers gefühlt. Dieser blonde Junge war so vollkommen anders als die meisten Ausländer, die sich nur an der Philosophie oder an der Theorie des Judo berauschten, die Techniken jedoch vernachlässigten. Das war etwas, was Meister Nakai immer sehr bedauerte, wenn er Talente entdeckte, die nicht verstanden, um was es in Wahrheit ging. Um einen Kampf von Mann zu Mann. In diesem Schüler, der vor ihm kniete, lag eine Zähigkeit, die ihn begeisterte. Der Junge war stets bereit, sich zu quälen, um noch perfekter zu werden. Es liegt kein Vorteil darin, ohne Schmerzen erwachsen zu werden, war Nakai-Senseis Maxime schon immer gewesen und Timo passte zu seinem Denken.

„Es ist gut, Timo, ich habe dich verstanden und ich werde mir deine Bitte noch einmal durch den Kopf gehen lassen."

Zuerst konnte Timo es nicht glauben und meinte, sich verhört zu haben. Eine Sekunde später überwältigte ihn der Triumph, denn er hatte es geschafft, genau wie der König. Ein, *durch den Kopf gehen lassen,* bedeutete in Japan schon fast so viel wie Zustimmung. Seine Freude durfte er jetzt auf keinen Fall zeigen und er fühlte mit Schrecken die Hitze im Kopf, die sein Gesicht bestimmt erglühen ließ. Er versuchte, sich zu beruhigen und dachte, wie immer in solchen Situationen, an seinen Vater. Wo er jetzt wohl war, wie es ihm wohl ging? Ob er ihn jemals wieder treffen würde? Timo atmete mehrmals langsam ein und aus und wartete geduldig mit gesenktem Kopf, bis ihn sein Lehrer mit einer seiner aus dem Chinesischen stammenden Weisheiten entließ.

„Timo, höre genau zu, was ich dir zu sagen habe und denke heute Abend darüber nach: ‚Des anderen Bogen spanne nicht / Des anderen Pferd besteige nicht / Des anderen Fehler betratsche nicht und / Des anderen Sachen interessiere dich nicht.‘ Das möchte ich dir für deine Zukunft auf den Weg mitgeben. Vergiss es nicht, sonst wirst du keine Ruhe in deinem Leben finden."

Timo hörte vor Glücksgefühl nur halb zu. Er hatte erreicht, was er wollte. Es gelang ihm noch, sich ordentlich und höflich zu verabschieden. Dabei hoffte er, dass ihm der Meister die Freude in seinen Augen nicht ansah, wovon er aber nicht ausging, denn sein Meister sah alles.

Als er die Judohalle verlassen hatte, ließ er seiner Erregung freien Lauf. Er vollführte einige Freudensprünge und schrie mit sich überschlagender Stimme: „Banzai!" Fast verschluckte er sich dabei. Immer noch im Überschwang kaufte er unterwegs zum Studentenheim eine Flasche vom billigsten Whisky sowie einige Snacks und ließ alles abends im Studentenwohnheim kreisen. Die Fast-Zusage seines Meisters war eine Feier wert. Dass damit seine Dreihundert-Mark-Monatsration komplett aufgebraucht war, war ihm egal. Er würde die nächsten Tage wieder wie eine Heuschrecke über die Probeessen in den Lebensmittelabteilungen der Kaufhäuser herfallen. Und wenn wieder mal keine Probestände aufgestellt waren? Na und?! Hunger war etwas, was er ertragen konnte, besonders wenn man Großes erwartete.

Olivia und ihr Leben waren für den Augenblick ins Hintertreffen geraten. Der Show-Club war vergessen.

Ab sofort galt nur das Erlernen der verbotenen Techniken und das Erringen des schwarzen Gürtels. Timo glaubte sich am Ziel seiner Wünsche.

Showkampf

Einige Tage später nahm ihn Nakai-Sensei nach dem Unterricht zur Seite.

„Ich habe lange über unsere Unterhaltung nachgedacht.“ Timo bekam einen Schreck, einen freudigen. Endlich würde es losgehen! „Am Wochenende nehme ich dich zu einer Veranstaltung in Shinagawa mit. Dort werden Techniken, über die du gesprochen hast, in Verbindung mit einer Prüfung für den Erwerb des schwarzen Gürtels von älteren Judokas vorgeführt.“ Timo vergaß für einen Augenblick, zu atmen. „Erzähle bitte nichts davon in der Schule. Es bleibt unter uns.“ Timo nickte, das Herz schlug ihm bis zum Hals.

Die Tage bis zum Wochenende vergingen quälend langsam. Timo spielte in seiner Fantasie alle möglichen Szenen durch. Was würde er zu sehen bekommen? Einen echten Kampf? Hoffentlich! Er ahnte aber, dass es Grenzen geben würde. Dennoch hoffte er auf sehr viel mehr als nur eine bloße Vorführung dessen Zeuge er werden durfte. Wird es einen oder mehrere Verletzte geben?

Als Meister Nakai und er endlich am Dojo ankamen, in dem die Prüfungen abgelegt wurden, und Platz nahmen, saßen sie auf der Galerie für Timo leider zu weit vom Kampfplatz entfernt. Sein Lehrer hatte ihm eingeschärft, in und vor der Halle mit keinem zu sprechen, keine Fragen zu beantworten. Er sollte alles ihm überlassen. Nach zwanzig Minuten würden sie wieder gehen.

Timo hatte allen Bedingungen zugestimmt und beugte sich, als die ersten Kämpfer antraten und ihr abgefordertes Repertoire aufführten, so weit vor, wie er konnte. Seine Augen registrierten jede ihrer Bewegungen, wie sie die Mittelfingerspitzen in Richtung Auge führten oder das Stoßen mit dem Ellenbogen zum leicht verletzbaren Solarplexus. Die meisten Schläge waren gegen Kopf und Bauch gerichtet. Die Judokas kämpften ohne Protektoren, jedoch kurz vor der gefährlichen Berührung stoppten sie ihre Schläge und Tritte abrupt ab. Es war für Timo nichts anderes, als ein gut eingeübter Tanz, was er da sah. Er war so enttäuscht, dass ihm beinahe die Tränen gekommen wären und er sich auf sie Lippen beißen musste. Ähnliches hätte er vielleicht ebenso irgendwo in Deutschland sehen können, wenn auch bestimmt nicht so exakt und detailliert. Von außen merkte man ihm nichts an, aber in seinem Kopf ließ er der Verärgerung freien Lauf, denn es gab keine Interaktion zwischen den Kämpfern, wie er sehnlichst gehofft hatte, keinen körperlichen Kontakt, keinen Sieg des einen über den anderen. Nur Show. Timo sah ein, ja er wusste es eigentlich schon vorher, es konnte auch nicht anders sein. Diese Techniken durften nur im Notfall angewendet werden, wenn es um Leben und Tod ging. Wenn überhaupt. Das hatte er bisher immer ausgeblendet. Denn wo fand man schon Kämpfer, die bereit waren, Verletzungen, die potenziell tödlich waren, hinzunehmen? Ganz sicher nicht bei einer feierlichen Demonstration dieser Techniken, der er heute beiwohnte. Er war wieder einmal zu naiv gewesen, wie so oft, und sein Ärger war eine Verbitterung über sich selbst.

Die einzige Hoffnung, die er hatte, war diese Stadt. Tokio war riesengroß. Ganz sicher gab es hier irgendwo einen Ort, an dem Menschen zu genau diesem Zweck zusammentrafen. Verletzungen gab es immer wieder, wusste er, auch beim Sport-Judo. Manche mussten sogar wochenlang auskuriert werden. Verschrumpelte Ohren waren nichts Besonderes und Verletzungen an der Schulter waren normal. Aber die verbotenen Techniken waren etwas anderes. Nakai-Sensei hatte ihm bestätigt, dass solche Tritte oder Schläge lebensgefährlich sein könnten.

Wieder ein schriller Kampfschrei, ein Kiai. Der Judoka brach das Gleichgewicht seines Gegenübers und trat ihm mit dem Ballen des rechten Fußes in Richtung Unterleib, führte den Tritt aber nicht bis zum Ende aus. Timo fluchte stumm. Er hätte zu gern gesehen, wie es ausgegangen wäre. Nur, musste er nicht davon ausgehen, dass der Gegner ausgewichen wäre? Und wenn er es nicht mehr geschafft hätte? Wie wäre der „Tanz“ in diesem Falle ausgegangen? Hochspannung durchzog Timos Körper. In seinem Magen kribbelte es. Timo malte sich die Szene aus: Der Tritt reicht aus, seinen Gegner kampfunfähig zu machen und der liegt nun regungslos auf der Matte und der andere steht über ihm.

„Die Zeit ist um, Timo, wir wollen gehen.“ Damit riss Nakai-Sensei ihn aus den Gedanken. In diesem Moment ertönte ein Kampfschrei. Timo war es, als wäre der Schrei aus seinem Körper gekommen.

„Bitte, verehrter Meister, nur noch ein paar Minuten“, bettelte Timo. Er bemerkte nicht, dass sein Kopf glühte und ihm der Mund offenstand.

Sein Blick war auf die Kämpfer geheftet, diese Attacke wollte er unbedingt noch miterleben und er riss den Kopf nach vorn. Der Angreifer versuchte, mit der rechten Faust seinen Gegner an der linken Schläfe zu treffen. Der wich dem Schlag geschickt aus, drehte sich im selben Augenblick hinter seinen Gegner und ergriff dessen Judojackenrevers. Er presste seine Stirn gegen den Nacken seines Gegners und würgte ihn. Der konnte dem Würgegriff nicht mehr entkommen und gab das Zeichen zur Aufgabe. Sofort wurde er aus dem Würgegriff entlassen. Einmal mehr fragte sich Timo, was wäre gewesen, wenn der Angreifer nicht aufgehört hätte zu würgen? Er dachte an diese Möglichkeit, sein Herz schlug bis in den Hals.

Nakai-Sensei stand ohne weitere Worte auf und ging. Timo hielt es für besser, ihm sofort zu folgen. Er durfte seinen Lehrer nicht verärgern, sonst würde er ihn bestimmt nie wieder zu irgendeiner Veranstaltung mitnehmen, wenn er ihn darum bäte. Timo war enttäuscht, nahm sich jedoch zusammen, beugte sich in Richtung seines Lehrers und flüsterte: „Vielen Dank, verehrter Nakai-Sensei, ich werde für diese Gnade bis zu meinem Lebensende immer in Ihrer Schuld stehen.“ Diesen Satz hatte er sich aus einem Lehrheft der Sprachschule herausgesucht, wusste jedoch nicht, ob es die richtige Gelegenheit war, ihn anzuwenden.

„Schon gut, Timo. Das Beste ist, wenn du alles vergisst, was du eben gesehen hast. Ich halte diese Art von Gymnastik, und mehr ist es nicht, für reine Zeitverschwendung.“ Timo nickte ergeben und lief stumm einen Schritt hinter seinem Lehrer zum Ausgang. Dort gab es eine Art Empfangstheke für Besucher.

„Warte hier!“, befahl sein Lehrer, als er dort zwei ältere Herren bemerkte. Er ließ seinen Schüler stehen und begrüßte sie. Worüber sie sprachen, das konnte Timo nicht verstehen. Sie waren zu weit entfernt. Timo war immer noch ärgerlich, auf der anderen Seite aber auch zufrieden, denn mit eigenen Augen live gesehen zu haben, wie diese Techniken ausgeführt wurden, würde ihn sehr viel weiterbringen als jede theoretische Abhandlung. Und die Haltung der Arme, Hände und Füße hatte er gespeichert.

Timo sah sich in der Halle um, deren Wände mit Bildern von berühmten Judokas geschmückt waren. Und wie nicht anders zu erwarten, er erblickte ein Foto von dem großen Meister Jigoro Kano, dem Begründer des Judo. Genau wie er war Kano als Kind von schwächlicher Konstitution gewesen und wurde deswegen oft gehänselt. So war es bei ihm auch gewesen, ehe ihn sein Vater zum Judo gebracht hatte. Er entdeckte auch ein Bild von Anton Geesink, dem ersten Weltmeister und ersten Goldmedaillengewinner, der nicht aus Japan kam. Das war 1964 bei den Olympischen Spielen. Eine Demütigung für Japan. Timo musste für einen Moment grinsen. Er schaute nach seinem Lehrer, der sich weiterhin unterhielt, und blickte sich wieder in der Halle um. In einer Vitrine an der Empfangstheke wurde er auf ein von gelbstichigen Fotos umgebenes dünnes und schmuddeliges Heft aufmerksam. Der Titel: Ate-Mi-Waza! Schlag- und Tritttechniken! Von einer Sekunde auf die andere wurde Timo hellwach. Das war es! Da standen sie schwarz auf weiß, die drei Zeichen, dickgedruckt, die ihm so viel bedeuteten: Treffen-Körper-Technik.

Er schaute wieder zu den drei Männern, die sich angeregt unterhielten. Sein Lehrer stand mit dem Rücken zu ihm. Timos Blick klebte an den drei Schriftzeichen. Er sollte vergessen, was er eben gesehen hatte? Timo schnaufte verhalten. Im gleichen Moment begehrte er dagegen auf. Niemals! Wenn schon die Vorführung enttäuschend verlaufen war, so wollte er wenigstens das Heft, das ihn wie magisch anzog, als Souvenir mitnehmen. Wieder dieses Kribbeln, als wäre er mit Kohlensäure gefüllt. Er wusste, was er zu tun hatte; es war nicht sein erster Diebstahl. Timo trat näher an den Schaukasten, bis er dicht davorstand. Er war Nakai-Sensei und den beiden Männern jetzt so nahe, dass er sie verstehen konnte. Ihr Thema war absurd angesichts dessen, was ihn beschäftigte. Sie diskutierten über ein Nudellokal und dessen Vorzüge.

Timo fühlte hinter die Theke und berührte die Glasschiebetür des Schaukastens. Nicht verschlossen! Sie war leicht zu bewegen. Er schob sie sachte auf. Er hatte Übung darin. Behutsam tastete sich seine Hand in Richtung Heftchen vor, bis der Mittelfinger es berührte. Er schielte zu der Gruppe. Die beiden älteren Herrn blickten ab und zu interessiert in seine Richtung. Anscheinend sprachen sie über ihn. Timo gab sich einen gelangweilten Ausdruck, strich sich über die Augen.

Als der Augenblick günstig war, klemmte er das Heft unter den Mittelfinger, zupfte daran und schon hatte auch sein Zeigefinger Kontakt. Vorsichtig zog er es mit beiden Fingern über die Glasunterlage in seine Richtung. Ein elend langes, wischendes Geräusch; die Fotos verschoben sich leicht. Die drei Männer dicht vor ihm, lachten über etwas. Ein letztes Rascheln und das Heftchen verschwand unter seiner Kapuzenjacke im Hosenbund. Es hatte geklappt, sie hatten nichts bemerkt. Timo atmete aus. Erneut schaute er zu den drei Männern, die immer noch in ihr Gespräch vertieft waren. Es dauerte für Timo eine Ewigkeit, bis sich sein Meister endlich von den beiden wortreich verabschiedet hatte.

Außerhalb der Halle verneigte sich Timo lange vor seinem Lehrmeister. Der musterte ihn kurz und nickte.

„Ich hoffe, Timo, du bist jetzt zufrieden. Wir sehen uns morgen beim Training."

„Ja, verehrter Meister. Ich bin morgen wieder zur Stelle. Ich danke Ihnen von ganzem Herzen und ich werde den heutigen Tag und Ihr gütiges Entgegenkommen bestimmt nie vergessen." Timo verbeugte sich erneut tief vor seinem Lehrer.

„Schon gut, aber vergiss nicht, das war alles nur eine Show zur Umrahmung einer Prüfung für den Erwerb des schwarzen Gürtels. Nichts weiter." Timo hörte nicht zu. Er konnte es kaum erwarten, mit seinem Schatz allein im Studentenheim zu sein.

Gut eine Stunde später, nach einem schnellen Lauf zum Bahnhof, der für ihn lähmend langsamen Fahrt mit dem Zug und noch einem weiteren Sprint war Timo endlich im Studentenheim angelangt. Sein Atem rasselte. Er warf seine Sachen aufs Bett und zog sich mit dem Heft in ein Gerätehaus zurück, das sich im hinteren Teil des Gartens befand. Dort hatte er sich sein privates Dojo eingerichtet und den Raum mit Matten ausgelegt. Niemand störte ihn hier, denn normalerweise hielt sich niemand in dem zum Teil verwilderten Garten auf und schon gar nicht in der Nähe des alten Schuppens.

Timo wischte über den schmalen Tisch am Fenster, bis er staubfrei war. Vorsichtig legte er das Heft darauf und schlug es auf. Langsam beruhigte sich sein Atem. Sein Blick glitt über die Seiten des Heftes, ohne im ersten Moment überhaupt zu verstehen, was er dort sah – bis er begriff, was er erbeutet hatte: Eine detaillierte Beschreibung der Ate-Mi-Waza. Er überflog mit klopfendem Herzen die zahlreichen Abbildungen, die mit ausführlichen Beschreibungen und Pfeilen versehen waren, wie und an welchen Körperteilen die Schläge oder Tritte präzise geführt werden mussten, um die größtmögliche Wirkung zu erzielen. Weil das Heft aus dem Jahr 1924 stammte, wie er feststellte, enthielt es viele nicht mehr gebräuchliche Schriftzeichen, die er nicht kannte. Jedoch mit der Demonstration von eben und den Abbildungen war es bald nicht mehr schwer für ihn, eins und eins zusammenzuzählen. Das Training der verbotenen Techniken konnte beginnen!

Eilig kritzelte er an die Holzwand mit Kreide die Umrisse eines Menschen – und sein Trainingspartner stand zwischen zwei Spaten und einigen Eimern und anderem Gartengerümpel. Es waren die Umrisse, die er lange anstarrte.

Wer würde schon freiwillig ihm, einem Anfänger, seine Knochen hinhalten, ging es ihm durch den Sinn. Also musste er sich damit zufriedengeben. Aber wie sollte er erkennen, ob seine Schläge die erhoffte Wirkung hatten und er seinen Gegner tatsächlich kampfunfähig machte? Oder gar, ob er jemanden ohnmächtig schlug. An der Holzwand war das, verdammt noch mal, eben nicht möglich zu erkennen. Timo spuckte auf den Boden, setzte sich hin und vergrub seinen Kopf in beide Hände. Er war so dicht an seinem Ziel und doch nicht. Er wusste nicht weiter.

Nach einer Ewigkeit stand er wieder auf, nahm das Heft in die Hand, studierte die Zeichnungen und begann, wie beschrieben die Schläge und Tritte zu üben. Die Wand war stabil und bewegte sich nur wenig, wenn er dagegentrat. Er stoppte nicht ab, spürte den Widerstand unter seinen Fingerknöcheln, die bald brannten, den Fußsohlen und anderen Körperteilen. Die Wand nahm seine Energie mit Stöhnen auf. Sie bekam immer mehr Risse und Teile splitterten umher.

Nach etwa zwei Stunden brach er ermattet und enttäuscht ab. Nein, gegen eine Holzwand zu kämpfen, das brachte ihm nichts. Es war nichts anderes, als die Tänze der Judokas, die er mittags gesehen hatte. Er sehnte sich nach körperlichem Kontakt.

Er wollte fühlen und erleben, wie er seinen Gegner mit den verbotenen Techniken fertig gemacht hatte, ihn vielleicht sogar lebensgefährlich verletzte. Erst dann wäre er zufrieden. Enttäuscht schlich er zurück ins Studentenheim, fiel aufs Bett und studierte die Zeichnungen und Beschreibungen immer wieder, bis ihm die Augen weh taten und er einschlief.

Taemin

Timo war noch verschlafen und hatte rote Augen, als er kurz nach zwölf das Büro der Sprachschule betrat. Er war erst eine Stunde vorher aufgewacht. Auf der Bahnfahrt zur Schule war ihm eins immer bewusster geworden, er brauchte unbedingt einen Trainingspartner. Denn diese speziellen Judotechniken mit jemandem zu üben, war der einzige Weg, sie zur Vollkommenheit zu führen. So war es im Judo, wie auch überall. Aber wie sollte er zu einem Trainingspartner kommen? Einen Schüler in der Judoschule zu fragen, verbot sich von selbst, denn es wäre bestimmt Nakai-Sensei zu Ohren gekommen. Er war dennoch zuversichtlich, dass sich eine Lösung ergeben würde.

Heute müsste er erst einmal mit Taemin wegen einer Arbeit nach dem Judo sprechen, eine Sache, die er immer wieder aufgeschoben hatte. Olivia hatte ihn inzwischen bereits zwei Mal nach einem Treffen gefragt und er brauchte dafür Geld, viel Geld.

Von zwölf bis dreizehn Uhr war in der Schule Mittagspause. Das Büro war, bis auf die Sekretärin Ayumi, zu seiner Enttäuschung verlassen, denn Taemin, der dort normalerweise sein mitgebrachtes Essen verzehrte, war nicht anwesend.

Bisher hatte Timo Ayumi nur von weitem gesehen, heute waren die beiden allein im Büro und standen sich gegenüber. Sie mochte so alt sein wie er.

Ihre pechschwarzen Haare waren auch heute wieder zu einem Pferdeschwanz gebunden, der lustig hin und her wippte, wenn sie sich bewegte, und das tat das agile Mädchen oft. Was Timo an ihr mochte, war ihr Schmunzeln, das über ihr Gesicht huschte, sobald sie ihn mit ihren leicht kurzsichtigen Augen ansah. Und die Grübchen erst, die sich dabei auf ihren Wangen bildeten, wenn sie über etwas lachte. Das war nicht so ein aufgesetztes Lachen, wie bei Olivia, das fühlte er, sondern eines, bei dem man mitvibrierte. Beim Lachen sah man ihre leicht schiefen Schneidezähne, was er ganz besonders liebte.

Timo begrüßte Ayumi mit einem „Hallo" und erhaschte ihr Lächeln. „Ist Taemin nicht hier?", fragte er unzufrieden, „er verputzt doch sein Essen immer hier aus seiner Lunchbox."

„Ja, das stimmt, Herr Feldmann. Aber denken Sie mal, die Lunchbox bereitet seine Mutter jeden Morgen für ihn vor", erklärte ihm Ayumi in ihrer höflichen Sprache. „Und bestimmt steht sie dafür morgens extra früh auf. Dabei ist er schon dreiundzwanzig und kein Grundschüler mehr", fügte sie mit ärgerlichem Gesicht hinzu. Sie mochte ihn und sein herrisches Gehabe als Büroleiter nicht. „Und sieht er nicht mit seinen immer ungekämmten Haaren wie ein wild gewordener Affe aus? Und das bei der Arbeit." Timo fand das witzig und lachte laut auf. Was Ayumi nur für lustige Sprüche drauf hatte. „Hängen Sie sich bitte nicht zu sehr an ihn", flüsterte sie, „ich fühle, er ist kein guter Mensch." Timo war überrascht, denn für ihn war er ein guter Freund geworden.

In diesem Augenblick öffnete sich die Tür und Taemin betrat das Büro.

Timo hätte sich noch gern etwas mit Ayumi unterhalten. So kannte er sie gar nicht. Sie war immer still und verschlossen im Büro, wenn er dort etwas zu erledigen hatte oder sich von Taemin einen Rat holte, wie auch die anderen Schüler.

„Ey, Timo, was 'n los mit dir, du siehst ja voll verpennt aus", rief er gut gelaunt. Sie klatschten sich ab.

„Genau, das war halt eine lange Nacht." Timo ließ offen, warum die Nacht lang gewesen war. Das Heft von 1924 war allein seine Sache.

„Warst gestern Nacht also wieder mit der mega geilen Olivia unterwegs?" Taemin grinste frech.

Ayumi schaute zu Timo hinüber.

„Nein, ich war voll im Judo drin, aber das erzähl ich dir nächstes Mal." Timo zupfte an seinem Hals. „Du, Taemin, ich brauche dringend Kohle", flüsterte er. „Weißt du nicht, wo ich einen guten Job ergattern kann? Also, abends nach dem Judo, so ab zehn im Restaurant kellnern oder etwas Ähnliches. Oder am Wochenende tagsüber einen Job, bei dem ich gut verdienen kann. Mir ist egal was, ich mache auch Drecksarbeit." Taemin äußerte sich dazu erst einmal nicht, sondern beglückwünschte seinen Freund überschwänglich.

„Mann, du hast die Olivia abgeschleppt, klasse!" Dass es eigentlich umgekehrt gewesen war, brauchte Timo ihm nicht auf die Nase zu binden. „Weißt du, dass dich alle hier in der Schule beneiden!", fuhr Taemin fort, „Alle stehen auf die und nur du gehst mit ihr aus."

Timo musste zugeben, dass er selbst darüber immer noch verwundert war – aber er war stolz darauf.

Doch warum sie überhaupt ihn ausgewählt hatte, das verstand er immer noch nicht, zerbrach sich aber nicht mehr den Kopf darüber. Sie mochte ihn halt und ein Nachteil, mit ihr zusammen zu sein, war es auf keinen Fall.

Taemin lachte breit und schlug ihm anerkennend auf die Schulter. Er zupfte eine Zigarette aus seinem Vorrat und zündete sie sich an. Großzügig lud er Timo ein, „willst?" Der lehnte ab.

„Komm, Timo, lass uns draußen noch etwas die Füße vertreten, solange noch Mittagspause ist." Er legte seinen Arm um Timos Schultern und drängte ihn aus dem Büro. Vor dem Schulgebäude, in einem kleinen Park, begann Taemin in ihrer beiden eigenen Sprache, Japenglisch, Timos Vorstellungen über einen Job nach dem Judo auseinanderzunehmen.

„Also, so 'n Job bringt dir höchstens beschissene sechshundert Yen die Stunde ein, also abends nach dem Judo nachts noch so fünf Stunden jobben macht mal dreitausend. Für so 'n Shit kannst mit deiner Olivia grad ein Bier trinken geh'n. Und voll auf die Knoch'n geht's, denn kellnern is' verdammt hart." Dass das so war, damit hatte Timo gerechnet und daher bisher auf einen Job verzichtet, obwohl er immer knapp bei Kasse war. Er wollte sich die fünf Monate in Japan nur auf das Training und den Erhalt des schwarzen Gürtels konzentrieren. Und natürlich mehr über die verbotenen Techniken erfahren. Das war ihm wichtig. Doch die Situation hatte sich mit Olivia und ihrem Leben verändert. Er brauchte Geld, um mithalten zu können. Er hatte gehofft, sein Freund könnte etwas aus dem Ärmel zaubern. Und das konnte der!

Taemins Zauberwort war: Oyaji-gari! Ein bis dahin Timo unbekanntes Wort.

„Oyaji-gari, was issn das?"

Taemin zog an seiner Zigarette und warf die Kippe auf die Straße.

„Das ist hunting down old people", flüsterte er. „Also, man überfällt ältere Leute, die müde und bisschen betrunken spätabends wacklig von der Arbeit komm' und leert ihre Brieftaschen aus. Das ist genau, was du suchst. Mühelos in kurzer Zeit viel Mäuse machen. That's it!" Taemin grinste. „Irgendwelche Oberschüler haben sich das geile Wort ausgedacht."

Timo starrte ihn ungläubig an. „Leute überfallen? Spinnst du?", fuhr er ihn an.

„Mann, leise. Hör doch erst mal zu! Du brauchst nur einen von deinen Judogriffen rauslassen und schon hast du in einer Minute mehr in der Tasche als zehn Stunden kellnern, oder noch mehr. Und das ist für dich, wie im Schlaf! Ich glaub', wir beide wär'n ein unschlagbares Team. Ich such' passende Locations aus und alles Drum'rum und du bringst die Opas mit einem Judowurf auf die Matte. Wir krall'n uns die Kohle und hau'n ab. So einfach ist das!" Er spuckte zur Bestätigung aus. „And above all it's great fun. Ich hab sofort an dich gedacht, als ich gehört hab, dass du Judo machst." Timo hatte Schwierigkeiten, alles richtig zu sortieren. Darüber hinaus war er mit dem Oyaji-gari und den Judowürfen nicht einverstanden. Für ihn war das keine kleine Sache.

„Und wenn sie nicht richtig fallen können und sich verletzen?" Er machte eine Pause und sah seinen Kumpel fassungslos an.

„Mann, Taemin, sogar das Fallen muss beim Judo ewig geübt werden und ist gar nicht so einfach. Wenn jemand blöde fällt, kann der sich leicht mal am Rücken verletzen oder sogar eine ordentliche Gehirnerschütterung kriegen." Taemin lachte und zündete sich eine neue Zigarette an.

„Dann hat der Kerl eben Pech gehabt. Und wenn er mal voll ungeschickt auf den Arsch knallt, haben wir wenigstens unseren Spaß." Taemin kicherte, aber so sah Timo die Angelegenheit nicht.

Die Schulglocke lärmte. Es war Zeit für Taemin, ins Büro zurückzukehren, denn der Nachmittagsunterricht begann. Timo passte das Timing überhaupt nicht, denn er wollte noch mehr über das Oyaji-Gari wissen und wie es schließlich mit dem Verdienst aussah. Taemin sah Timos verwirrtes Gesicht.

„Ich komm' abends um zehn zur Judohalle und hol' dich ab", bemerkte Taemin, als sie sich vor der Schule verabschiedeten. „Wir gehen was essen und dabei sprechen wir noch mal über alles. Ich lad' dich ein. Das wird bestimmt 'ne super Sache, Timo, glaub mir."

Timo machte sich auf den Weg zum Judo und war in Gedanken. Oyaji-gari? Leute überfallen? An sich war das keine schlechte Idee, überlegte er, während er zur Judoschule ging. Er konnte seine Kenntnisse aus dem Judo einsetzen und leicht Geld verdienen.

Die Einbrüche mit der Clique bald nach dem Verschwinden seines Vaters gingen ihm durch den Kopf. Überfallen hatten sie dabei auch einmal einen Wächter. Der musste halt ausgeschaltet werden. Es hatte ihm nichts ausgemacht, ihm eine Eisenstange über den Kopf zu ziehen. Auch nicht, dass der Wächter so schwer verletzt wurde, dass er ins Krankenhaus musste. Mitgefühl kannte er nicht mehr, seit sein Vater ihn im Stich gelassen hatte. Timo grinste in sich hinein. Also wieder damit anfangen? Es war damals doch recht ertragreich gewesen. Eigentlich hatte er sich davon verabschieden wollen, als er nach Japan kam und er den Weggang seines Vaters allmählich zu verdauen begann. Je länger er darüber grübelte, was zu tun war, konnte er sich immer besser mit Taemins Vorschlag anfreunden. Die Vorteile überwogen. Er würde schon aufpassen, dass sich keiner der Leute verletzte.

Beim Training war Timo zum ersten Mal nicht wie gewohnt aufmerksam. Er machte dumme Fehler und tat sich ausgerechnet beim Fallen weh. Nakai-Sensei entging das nicht. Dass ein Judo-Instruktionsheft, ein wertvolles Ausstellungsstück, in dem anderen Dojo seit ihrem Besuch fehlte, war deren Sache und er fand es unhöflich, Timo damit zu konfrontieren. Sollte sein Schüler etwas mit dem Verschwinden des Ausstellungsstückes zu tun haben, würde der Junge bestimmt von selbst auf ihn zukommen.

Eine Hilfestellung würde er ihm allerdings geben, denn er schätzte den blonden, strebsamen Judoka und empfand väterliche Liebe für ihn. Heute ist ausnahmsweise einmal Timos schlechter Tag, grübelte er. Vielleicht hat er Liebeskummer. Ähnliches kannte er auch von sich, damals. Nakai-Sensei schmunzelte in sich hinein. Er ist noch so jung! Aber ich sollte aufpassen, dass er nicht vom rechten Weg abkommt.

Timo war beim Training das Oyaji-gari nicht aus dem Kopf gegangen. Er dachte nicht mehr daran, dass die Leute vielleicht nicht wussten, wie man korrekt fiel. Nein, er erkannte schlagartig die Möglichkeit, bei den Überfällen die verbotenen Schlag- und Tritttechniken am lebenden Objekt auszuprobieren und sie zu vervollkommnen. Das war seine Chance! Taemin hatte ihn auf einen Gedanken gebracht, auf den er selbst wohl nie gekommen wäre.

Wenn mir also bei dem Oyaji-gari, ging es ihm in einer Trainingspause durch den Kopf, ungewollt jemand über den Weg läuft, also nicht von mir beabsichtigt, rein zufällig, wäre das eben Schicksal. Vielleicht wie bei einem Verkehrsunfall, beruhigte er sich, wenn man nicht mehr rechtzeitig abbremsen kann und der Andere den Aufprall voll abbekommt. Oder, genauso wie unbeteiligte Zivilisten von Bomben im Bosnienkrieg zerfetzt wurden, weil sie zur falschen Zeit am falschen Ort waren. So wäre es mit denen auch. Halt eben ein Kollateralschaden, wie es in den Kriegsberichten hieß. Das wäre halt ihr Pech und ich könnte die Wirkung meiner Schläge und Tritte in echt erleben, genau wie die Militärs ihre neu entwickelten Waffen gerne mal an Menschen testen.

Und gibt es auf dieser verrückten Welt überhaupt etwas, das nur richtig oder nur falsch ist, philosophierte er. Hängt es nicht nur von den Umständen ab, dass Menschen auch mal bereit sind, etwas Schlechtes zu tun? Jeder muss dafür die Verantwortung und ebenso das volle Risiko für sein Verhalten übernehmen. Haben die anderen davor nur Angst, weil sie fürchten, sie schaffen es nicht?

Das alles ging ihm wieder und immer wieder wie eine tibetanische Gebetsmühle während des Trainings durch seinen Kopf und ließ ihm keine Ruhe. Er war froh, als endlich ein Gongschlag das Ende der Übungseinheit ankündigte.

Verschwitzt verneigte er sich besonders tief in Richtung seines Lehrers. Nakai-Sensei hockte wie immer am Ende des Trainings mit halb geschlossenen Augen und gekreuzten Beinen im hintersten Winkel auf dem Boden und entließ seine Schüler, einen nach dem anderen. Für Timo hatte er auch heute wieder einen Koan bereit. Er gab ihm ein Zeichen, sodass dieser sich ehrerbietig neben ihn hockte.

„Höre gut zu, Timo, es ist wichtig für dich. ‚Bringe das auf hoher See vorbeifahrende Schiff zum Halten.‘ Denke über diesen Spruch nach, solange es noch nicht zu spät ist." Jedes seiner Worte sprach er besonders langsam aus.

Auf dem Heimweg ging Timo der Koan nicht aus dem Sinn. Es war wie ein Befehl. Was sollte er zum Halten bringen, ehe es zu spät war? Wusste er von dem Heft, das er heimlich mitgenommen hatte? Forderte er von ihm, es zurückzugeben, ehe es zu spät ist? Oder meinte er etwa damit das Oyaji-Gari? Wie kam er überhaupt darauf? Davon konnte er doch nichts wissen.

Ein dumpfes Gefühl erfasste ihn. Was wusste sein Lehrer? Und was meinte er mit, *zu spät*. Die Überfälle würden sicherlich kein fairer Kampf werden, davon ging Timo aus. Ein Judoka gegen einen älteren, betrunkenen Mann, der vielleicht gar nicht Judo konnte. War das in dem Fall überhaupt noch Judo? Timo wusste nicht, wie er sich verhalten sollte.

Ein Bund immerwährender Freundschaft

Taemin holte Timo, wie verabredet, vor der Judoschule ab und besuchte mit ihm ein koreanisches Restaurant. Als sie sich an einen Tisch gesetzt hatten, platzte Taemin los:

„Also Timo, nun hau mal ordentlich rein! Ist bestimmt mal was andres, als deine Probieressen am Mittag", lachte Taemin und dabei schlug er ihm ordentlich auf die Schulter. Nachdem Taemin auf Koreanisch eine Bestellung aufgegeben hatte, brachte die Bedienung für jeden ein großes Bier und einen Steintopf mit Reis und Gemüse, sowie rohe Eier. „Das heißt bei uns Bibimbap und muss ordentlich vermischt werden." Taemin machte sich sogleich an die Arbeit. „Los, mach's genauso wie ich." Inzwischen brachte die Bedienung noch Schalen mit undefinierbaren Speisen an und einen Teller mit Rindfleisch, das zu Timos Erstaunen mit einer Schere in kleine Stücke geschnitten wurde, ehe es auf einem Grill landete. Und natürlich gab es jede Menge Kimchi.

Timo kostete von allem und es war erstaunlich: Kein Geschmack wiederholte sich und es war niemals langweilig. Nur, alles war schärfer und exotischer, als das japanische Essen, an das er sich allmählich gewöhnt hatte. Aber das war ihm letztlich egal. Er war nach dem Training immer hungrig, und er aß sogar vom Kimchi.

„Das schmeckt ja alles super, Taemin“, teilte er seinem Freund unter Schmatzen mit, was nicht ganz ehrlich war, denn die rote Fischsuppe, die er eben probiert hatte, war ihm eindeutig zu scharf. Er schluckte und griff eilig nach seinem Bier. Taemin entging das nicht. Er lachte gut gelaunt, „lass dir's schmecken“, winkte nach der Bedienung und bestellte wieder etwas. Diese brachte nach einer Weile eine rötliche Flasche und stellte sie vor beiden auf den Tisch.

„Was ist denn in der Flasche drin“, wollte Timo wissen. "Die schaut ja cool aus. Ist das Bier?“

„Das ist Cheongju, ein koreanischer Reiswein“, erklärte ihm Taemin feierlich und fügte etwas großspurig hinzu: „Und der wird bei uns in Korea nur bei wichtigen Anlässen getrunken. Aber heute ist so einer, denn heute Abend schließen wir, du und ich, einen Bund. Einen Bund immerwährender Freundschaft.“

Timo feixte. Er fand das alles zu theatralisch und in ein paar Monaten war er ohnehin wieder in Deutschland. Er stieß mit seinem Freund an, nachdem der zwei kleine Gläser aus der Flasche gefüllt hatte und Timo eins reichte. Das Getränk war mild und etwas süßlich. Es ließ sich gut trinken. Bier wäre ihm allerdings bei dem scharfen Essen lieber gewesen. Taemin goss vom Reiswein nach, sie prosteten sich noch einmal zu und Taemin begann über ihr Vorhaben zu sprechen. Für ihn stand bereits alles fest, während Timo einmal die Vorzüge sah und dann wieder an die Probleme dachte, die Überfälle unweigerlich nach sich zogen. Auch damals mit der Clique war nicht immer alles glatt gelaufen und die Polizei war hinter ihnen her gewesen.

„Also“, fuhr Taemin in seinen Erklärungen fort, „wir fahren mit meiner Kawasaki Ninja zu unserem Arbeitsplatz.“ Er grinste bei dem Wort *Arbeitsplatz* und die Augen leuchteten. „Motorradhelme hab ich für uns beide. Außerdem müssen wir uns noch Kapuzenjacken mit irgendeinem auffälligen Design besorgen, ähnlich wie die Sukajan-Jacken.“ Timo runzelte die Stirn.

„Was, mit einem auffälligen Design? Etwa damit man uns wiedererkennt“, stellte er ironisch fest.

„Ja und Nein. Das ist genau andersrum und ist wichtig“, griente Taemin mit überlegener Miene. „Ich denke an so'ne Art Bomber-Jacke, aber mit Kapuze, und wir trag'n die immer mit dem Design nach innen. Nur beim Überfall wenden wir sie nach außen, damit das Design richtig zu seh'n is' und sich unser Opfer gut daran erinnert, wer ihn ausgenommen hat. Wenn wir fertig sind, dreh'n wir sie wieder um und sind normale Typen, also keine Schläger, und keiner kümmert sich um uns.“ Timo erstaunte diese Logik. Taemin wusste aus Erfahrung, dass man nach einem Überfall sofort die Kleidung wechseln musste, um nicht erkannt zu werden, wenn man vom Tatort flüchtete. Das erklärte er Timo. Darauf prosteten sie sich zu und tranken Cheongju.

„Kann ich nicht meine normale Jacke nehmen, ich habe keine Kohle für was Neues“, musste Timo zugeben. „Ich kann die genauso wenden, wenn es sein muss.“

„Du spinnst. Wir brauch'n extra Arbeitskleidung nur für die Überfälle und nach paar Wochen schmeißen wir alles weg und hol'n uns Neue, falls wir zu bekannt werdn. Ich will nicht, dass sich die Bullen auf uns einschieß'n.“

Darauf aßen sie weiter und schluckten Cheongju. „Außerdem arbeit'n wir nur mit Handschuh'n, mit weißen Baumwollarbeitshandschuh'n, wie die Leute beim Bau. Die kann man sich überall besorgen und fallen nicht auf. Wegen der Fingerabdrücke auf den Brieftaschen und so", erklärte Taemin, spuckte zur Bestätigung aus und sie stießen wieder mit Cheongju an.

„Woher weißt du das alles? Hast du etwa schon öfters Leute überfallen?" Timo dröhnte der Kopf, ob vom Cheongju oder von Taemins Planung, das wusste er nicht.

„Is doch egal, oder? Ich hab' nur voll schlechte Erfahrungen während der Schulzeit gemacht. Hab' was dazugelernt." Er spuckte zur Bestätigung aus, lachte und sie kippten den nächsten Cheongju auf ex herunter. Die Frage des finanziellen Aspektes der Beschaffung der Jacken blieb ungeklärt; Timo wollte lieber nicht daran rühren. „Sollten wir trotzdem mal nach einem Überfall angehalten werden", zischte Taemin, „welcher Polizist wird ei'm jungen blonden Sprachstudenten, der erst kurze Zeit in Japan lebt, so etwas wie Oyaji-gari unterstellen?" Seine Augen blitzten, er lachte laut auf und klatschte in die Hände. „Und dass du nur zum Judo nach Japan gekomm' bist, braucht keiner zu wissen. Ich regle das schon. Du brauchst dir keine Sorgen zu machen."

„Und wenn jemand beim Überfall verletzt wird?" Aber eigentlich dachte Timo nicht mehr daran.

„Stört dich das etwa?", stellte Taemin die Gegenfrage und lachte Timo ins Gesicht. Der trank die Antwort weg.

„Weißt du, Timo, Oyaji-gari-Opfer erstatten normalerweise aus Scham, besoff'n von Jugendlichen verprügelt worden zu sein, keine Anzeige.

Sollten sie es trotzdem mal mach'n, können sie nichts über uns aussagen, außer, dass wir vermummt war'n, und so'ne Art Sukajan-Jacken anhatten und sie besoffen war'n. Also null Risiko!"

„Okay, ich mach mit. Trinken wir drauf! Wann geht's los und wieviel können wir dabei so machen? Was meinst du?" Timo wusste in seinem vom Cheongju zugedröhnten, Kopf nicht mehr, was ihm wichtiger war: Geld für Olivia oder jemanden, an dem er sich ausprobieren konnte. Zum zweiten Mal war er in eine Parallelwelt hineingeraten, erst in Olivias Glitzerwelt und nun in Taemins Unterwelt. Einfach so, genau wie in der Unendlichen Geschichte der Bücherwurm Bastian, erinnerte er sich an seine Kindheit, der schließlich ein Teil der verschiedenen Welten wurde, genau wie er und am Ende fast nicht mehr zurückfand.

„In zwei oder drei Tagen hab' ich die Gegend ausgekundschaftet, wo wir zuschlagen könn'. In einer Nacht sollten wir mindestens zwei Überfälle schaffen, am besten drei." Taemin kicherte und spuckte auf den Boden. „In Serie ist es immer am besten. Dabei kriegt man Routine und die Ausbeute ist besser. Wenn mal einer nich' viel bei sich hat, haben die andern eben mehr und wir hab'n wenigstens nich' umsonst gearbeitet." Darauf spülten sie einen weiteren Cheongju hinunter. „Und paar Tage später ziehen wir zum nächsten Abgrasen in eine andere Gegend, so wie die Nomaden." Taemin lachte plötzlich laut auf. „Bei den fünfundzwanzig oder mehr Millionen, die im Großraum Tokio woh'n, haben wir bis zu unsrem Lebensende ausgesorgt."

Beide lachten laut, klatschten sich immer wieder ab und tranken auf ihre rosige Zukunft, wie Taemin großspurig feststellte. Sie redeten sich in Rage und Taemin bestellte die dritte Flasche Cheongju, die sie, betrunken wie sie schon waren, nicht einmal mehr halb schaffen würden. Auch Taemins Stimme war schwer geworden. Im Lokal waren nur noch sie beide.

„Du kannst nach unser' Nachtschicht auch manchmal bei mir im Zimmer pennen", schlug er vor und malte damit weitere Vorzüge seines Planes aus, „und brauchst nich immer nach Yokohama fahr'n. Kannst bis zum Judounterricht bleib'n, wenn du mal zur Schule keine Lust hast. Meine Mutter macht für dich Essen. Morgen holen wir erst einmal die Jacken, unsere Kampfuniform, damit's sofort losgeh'n kann." Darauf tranken sie einen weiteren Cheongju auf ex.

Timo nickte müde. In seinem Kopf schwirrten zehntausend summende Bienen. Er machte sich mit Brechreiz auf den Weg zum Shibuya-Bahnhof, nachdem sie sich mit Handschlag verabschiedet hatten. Ihm war übel, aber er konnte sich nicht übergeben. Bis der erste Zug fuhr, waren es noch fast zwei Stunden. Er setzte sich mit angezogenen Beinen auf den Boden in eine Ecke im Bahnhof und dachte über das eben Gehörte noch einmal nach.

Ich werde mitmachen, es ist eine Chance für mich. Geld war die eine Sache, aber wichtiger war, dass er die verbotenen Techniken nun nicht mehr nur an einer Holzwand ausprobieren musste. Er hatte endlich was Lebendes dafür. Mit einem dumpfen Gefühl im Magen schlief er, den Kopf auf die Knie gestützt, ein.

Jackenklau

Timo entschied, den Japanischunterricht am nächsten Tag zu schwänzen, und als er mittags auf einen Sprung in der Sprachschule vorbeischaute, dröhnte sein Schädel immer noch von dem vielen koreanischen Reiswein, den er mit Taemin vernichtet hatte. Nein, nicht nur deswegen lärmte es in seinem Kopf. Noch etwas war letzte Nacht passiert, was ihn nicht losließ: Er und Taemin hatten über Überfälle gesprochen, und er war bereit gewesen, mitzumachen. Er war wieder ins Kriminelle abgerutscht. Und wenn schon, war Timos trotzige Antwort. Es geht ja um mehr.

Ayumi saß an ihrem Schreibtisch, stand auf und begrüßte Timo wie immer mit einem Lächeln und einer leichten Verbeugung.

„Herr Feldmann, wie geht es Ihnen, Sie sehen nicht gut aus. Sind Sie etwa krank? Ich habe Sie heute gar nicht in der Schule gesehen. Waren Sie nicht da?“

„Nein, ich war nicht da. Ich habe mich heute Morgen nicht so recht wohl gefühlt, Kopfschmerzen und so“, log er verlegen, als er zu Taemins Schreibtisch ging, der über seine Lunchbox gebeugt das Mittagessen verspeiste. Taemin wollte nachher mit ihm zusammen die Kapuzenjacken für die Überfälle organisieren. Nur deswegen war er gekommen. „Aber jetzt geht es mir etwas besser, und ich will wenigstens zum Judo gehen.“

„Ich habe etwas für Sie." Timo drehte sich zu ihr um. Ayumis Wangen waren errötet, und das sah wunderschön aus. Sie hielt Timo ein mit Blumen verziertes Lackkästchen hin. „Das ist für Sie. Vielleicht haben Sie ja noch nicht zu Mittag gegessen." Als Timo das Kästchen entgegennahm und es vorsichtig öffnete, erblickte er zwei dreieckige Sandwichstücke, belegt mit Salatblättern, Tomaten und Scheibenkäse und daneben ein gekochtes Ei. In Timos Gesicht strömte Hitze.

„Danke Ayumi. Das ist sehr nett von dir, und du hast recht, ich habe sogar noch nicht einmal gefrühstückt." Damit biss er herzhaft in eins der Sandwichdreiecke. „Bist du auch extra früh für mich aufgestanden?", fragte er in Anlehnung an die vor kurzem geführte Konversation. Timo hätte zu gerne ihre Reaktion erfahren, aber Taemin kam dazwischen.

„Hallo Timo, schau mal hier, eine Notiz für dich!", unterbrach Taemin die gerade begonnene Unterhaltung und deutete mit breitem Grinsen und einem Seitenblick in Richtung Ayumi auf eine Notiz von Olivia am schwarzen Brett der Schule: ‚Timo, see you tomorrow after school. Olivia.' Das war alles.

Freude und Unsicherheit zugleich durchdrangen Timo. Ihm war nicht wohl bei der Sache, er war noch nicht bereit und hatte nur geborgte fünfhundert Yen in der Hosentasche. Aber er mochte nicht wieder ablehnen. Nach der Schule war Judo angesagt! Das durfte er auf keinen Fall versäumen. Vielleicht wollte sie ja nur kurz etwas mit ihm besprechen, überlegte er. Danach könnte er zum Judo. Oder sollte er vorsichtshalber doch das Training für morgen absagen?

Er war unschlüssig, was zu tun war. Zum ersten Mal in seinem Leben, fühlte er sich wegen eines Mädchens unsicher. Im Sekretariat hatten sie bestimmt Olivias Telefonnummer. Ob er sie anrufen sollte und fragen, was los ist? Timo zögerte, rieb sich am Kinn, erkundigte sich bei Taemin nach Olivias Nummer und rief an. Eine helle japanische Stimme ertönte. Es war nicht Olivia. Schnell hielt Timo den Telefonhörer seinem Kumpel hin. Es war das Dienstmädchen. Olivia ist nicht zu Hause, übersetzte Taemin für ihn. Timo wusste nicht mehr weiter.

„Wir könn' uns unsre Jacken noch schnell vor deinem Judotraining holen. Der Laden liegt in der Nähe auf dem Weg, hab' ihn schon ausgekundschaftet", flüsterte Taemin. „Let's go!" Timo nickte, er war einverstanden. Wenigstens gab es etwas zu tun, womit er sich vom Problem Olivia ablenken konnte.

Taemin blickte zu seiner Sekretärin Ayumi hinüber. „Ich hau' hier mal kurz mit Timo für so 'ne halbe Stunde ab. Ich muss ihm bei einer Sache helfen, er kommt sonst nicht zurecht."

Es ging also los. Schnellstmöglich an Kohle zu kommen, das war für Timo so wichtig, wie noch nie, wo ihn Olivia jetzt schon zum dritten Mal kontaktiert hatte und es dieses Mal wie ein Befehl klang. Und dazu benötigten sie halt, laut Taemin, irgendwelche besonderen Klamotten. Der nahm seine Adidas-Sporttasche, grinste dabei und drehte sie kopfüber. Der Inhalt landete polternd auf seinem Schreibtisch, Mangahefte segelten über den Boden. Ayumi bekam einen Schreck, sprang auf und begann die Mangahefte einzusammeln, Timo half ihr dabei.

„Der spinnt wohl“, raunte ihm Ayumi zu. Aber Timo war erleichtert. Er wusste sofort Bescheid. Sonst hätte er sich von seinem Kumpel für die Jacke etwas leihen müssen. Auch er hatte in seiner Schulzeit manchmal die Judotasche ausgeleert, wenn er mit anderen aus seiner Clique ins Kaufhaus ging, um dort *einzukaufen*. So eine Judosporttasche sah ja auch so unschuldig wie ein kleines blondes, blauäugiges Mädchen aus, wenn sie durch die Regale gingen. Und es passte praktischerweise immens viel rein.

„Bis morgen, Ayumi, und danke nochmals für die beiden Sandwiche. Hat ehrlich super geschmeckt.“ Timo überreichte ihr mit glänzenden Augen die leere Lackschachtel und hoffte im Innersten, dass sie morgen wieder gefüllt ist. Das gekochte Ei stopfte er sich in den Mund und machte eine Grimasse dabei, dass Ayumi lachen musste und ihre Grübchen hüpften. Gern hätte er in diesem Augenblick das Rätsel, das hinter ihrem Lächeln stand, gelöst. Taemin schlang die ausgeleerte Adidas-Tasche über die Schulter, zog Timo zu sich und drängte ihn eilig aus dem Büro. Sie hatten etwas Wichtiges zu erledigen.

„Ich denk mal, die Ayumi steht auch auf dich“, sagte er halb spottend, als sie auf der Straße waren. „Das hab‘ ich schon lange bemerkt. Mann, was hast du für ein Glück. Gleich zwei Weiber zum Ficken. Ich glaub, ich lass mir auch die Haare blond färben“, lachte Taemin seinen Freund an.

Der Gebrauchtkleiderladen, nicht weit von der Schule entfernt in einer Nebenstraße, den sie kurz darauf betraten, war bis unter die Decke vollgestopft mit verwegen aussehenden Jacken im Trapper- oder Military-Look. Es gab Jeans mit mehr Löchern als Stoff, T-Shirts mit Totenköpfen, Anime Kostüme und was sonst noch alles in dieser Art. Es roch nach Staub und Waschpulver.

Timo und Taemin liefen durch Kleiderreihen, holten mal diese und mal jene Jacke vom Haken, probierten sie an und endlich fand Taemin, was er gesucht hatte: eine dunkelrote Kapuzenjacke, auf dem Rücken, in schreiendem Gelb, ein das Maul weit aufreißender Tiger. Innen war die Jacke schwarz gefüttert. Taemin war begeistert.

„Genau das ist es, was ich mir vorgestellt habe“, flüsterte er Timo erregt zu. „Das sollte unsere Uniform werden! Ich hab auch schon einen Namen für uns beide: The Hungry Tigers!“ Er zog sie sich über, und sie saß ihm wie angegossen. Mit seinen von Natur aus zusammengezogenen Augenbrauen, den kalten Augen und den zottligen schwarzen Haaren gab sie ihm ein geil verwegenes Aussehen, wie Timo meinte. Für ihn war die Jacke jedoch zu eng und zu kurz. Sein Kumpel kramte in dem Regal, fluchte, und als er eine identische endlich in Timos Größe gefunden hatte, grinste er erfreut und stopfte die beiden Jacken ohne Umstände erleichtert in seine Sporttasche.

„Das haben wir erst einmal geschafft“ und damit zippte Taemin die Tasche zu. „Braucht ja keiner wissen und soll ja auch keiner wissen, woher wir die haben. Und wenn der in ein paar Wochen oder Monaten endlich merkt, dass wir ihn beklaut haben, hat er unsere Gesichter schon bestimmt vergessen.“

Und ich bin wieder in Deutschland, ergänzte Timo in Gedanken. „Ich hätte nicht gedacht, dass wir so schnell zum Erfolg kommen", freute sich Taemin.

Sie schlenderten weiter durch den Laden, unterhielten sich extra laut, machten Witze und wühlten sich durch Kleider, bis sie wieder vorne am Verkaufstresen standen.

„Ich such' ne Jacke für mein' Freund mit 'ner sexy Geisha hinten drauf, wir ham leider nix gefunden", erzählte er dem schmächtigen Verkäufer, der Timos Größe taxierte.

„Ich denke, ich habe bestimmt etwas", erklärte er und ging zielsicher in den hinteren Teil seines Klamottenimperiums.

„Los Timo, wir hau'n ab!", flüsterte Taemin. „Die Gelegenheit ist günstig. Wir haben, was wir wollten." Doch Timo rührte sich nicht. Er erkannte, dass die Kassenschublade bis auf eine Haaresbreite nicht zugeschoben war. Er dehnte den Spalt der Schublade mit dem Fingernagel seines Zeigefingers, zog sie vorsichtig ein Stück auf und fasste hinein, wie damals, als fast die halbe Klasse im Buchladen die neuen Schulbücher in Empfang nahm. Der Besitzer und eine ältere Angestellte, versuchten verzweifelt, die Gruppe von tobenden Schülern schnellstens zufriedenzustellen und fanden nicht immer Zeit, die Kasse nach jedem Kauf wieder zu schließen. Niemand hatte etwas bemerkt. Weder die Klassenkameraden dicht um ihn, noch der seine Augen überall habende Ladeninhaber oder die Verkäuferin. In einer Sekunde hatte Timo achtmal mehr in seiner Hosentasche gehabt, als er im Monat Taschengeld von seiner Mutter erhielt.

Time is Money erhielt für ihn eine neue Bedeutung: in Sekundenschnelle Kasse machen. Damals, nach dem plötzlichen Verschwinden seines Vaters, begann er immer mehr den Boden unter den Füßen zu verlieren. Mit Jobs, wie morgens früh Zeitungaustragen und nach der Schule noch irgendwo jobben, was er bisher gemacht hatte, war nur wenig zu verdienen gewesen und manchmal war er davon schon todmüde, wenn er zum Judotraining ging. Also gab er die Schufterei auf, begann zu stehlen, wenn er was brauchte, und Gewissensbisse verbat er sich. Warum sollte er sich an Regeln halten, die ihn benachteiligten?

Der Verkäufer kam mit drei Jacken wieder, breitete sie triumphierend aus, aber Taemin hatte an jeder etwas auszusetzen. Mal war die Jacke nicht bunt genug, mal war die Geisha nicht nackt, mal sah die Jacke zu verbraucht aus. Die Jungs grinsten sich dabei gegenseitig an, ließen zotige Witze los und schließlich spuckte Taemin auf den Boden.

„Nee, is' nichts für mein Freund." Damit zog er Timo zur Enttäuschung des Verkäufers aus dem Geschäft. Ein gutes Stück vom Laden entfernt schob er ihn in eine Ecke und lachte aufgekratzt. „Ey", rief er, „das hätte ich nich' von dir gedacht." Er schlug seinem Kumpel anerkennend auf die Schulter. „Ich dachte, so 'n Judoka macht sowas nich'. Nur so 'n paar asoziale koreanische Kids, wie ich. Verdammt! Das war grandios." Taemin war sichtlich zufrieden. „Ich glaub', wir beide stecken ganz Tokio innen Sack. Zeig mal, wie viel haste rausgenommen?", forderte Taemin ihn auf. Timo nahm die Hand aus seiner Hosentasche und öffnete sie.

Drei Zehntausend-Yen-Scheine kamen zum Vorschein und fünf Tausend-Yen-Scheine. Er überschlug den Betrag in Mark im Kopf. In einer Sekunde hatte er mit Leichtigkeit weit mehr Kasse gemacht, als seine Mutter ihm, mit harter Arbeit, für einen Monat überwies. Er war zufrieden.

„Wir teilen natürlich“, erklärte Timo entschlossen. Selbst die Hälfte würde ihm erst einmal genügen.

„Gib mir nur einen großen Schein, den Rest kannst behalten“, gab sich Taemin großzügig. „Ich weiß ja, du braucht's für deine süße Olivia.“ Timo wären fast die Tränen gekommen. Taemin war ein echter Freund oder mehr. Beinahe hätte er ihn aus einem Impuls heraus geküsst.

„Bei unserem ersten Verdienst gebe ich dir einen aus, du kannst haben, was du willst.“ Damit reichte er seinem Kumpel den Schein. Sie schlugen die Handflächen mehrmals gegeneinander und gingen einmütig und in der Gewissheit auseinander, sich am nächsten Montag für ihren ersten Überfall zu treffen. Einer kehrte zurück ins Büro der Sprachschule mit einer vollgestopften Adidas-Sporttasche, der andere eilte zum Judo, mit einer Hosentasche voll leicht verdienter Scheine. Es war egal, ob es morgen mit Olivia zu einem Date kam oder nicht, er war vorbereitet. Und schließlich gab es ja auch noch Ayumi.

Beim Judo strengte sich Timo besonders an und konzentrierte sich ganz auf die Übungen. Der Druck im Kopf von gestern Abend, hatte nachgelassen.

Nur einmal hätte er seinen Gegner fast zu lange im Würgegriff gehalten, als seine Gehirnzellen ihm den gelungenen Griff in die Kasse vorspielten. Sein Gegner hatte schon einmal mit der Hand abgeklatscht. Timo wusste, man musste in diesem Augenblick sofort den Kampf abbrechen. Den Moment hatte er versäumt. So etwas war unverzeihlich und wurde streng geahndet. Erschrocken kniff er die Augen zusammen und blickte in Richtung Nakai-Sensei, der mit anderen Schülern beschäftigt war. Ob der etwas mitbekommen hatte, konnte er nicht ausmachen. Nur, sein Lehrer sah in der Regel alles. Timo entschuldigte sich bei seinem Gegner. Es war noch einmal gutgegangen. Um sich zu beruhigen, übte er Fallen mit Jamiro, seinem Judokafreund aus Brasilien. Der war stärker und kräftiger als er, und es machte ihm immer Spaß, mit ihm zu trainieren. Am Ende des Übungstages ging er zu seinem Lehrer, kniete nieder, verbeugte sich, hockte sich auf die Fersen, wartete einen Augenblick und sprach langsam und leise, was er sich wegen des möglichen Dates mit Olivia überlegt hatte. „Nakai-Sensei, ich bitte Sie, mir meine Trainingseinheiten morgen zu erlassen. Ich bin im Inneren durcheinander und muss erst zu mir finden, ehe ich wieder unter Ihre Augen treten darf." Sein Lehrer kannte solche wortreichen Ausreden nur von den japanischen Schülern und war erstaunt, ähnliches aus dem Mund eines Ausländers zu hören. Nakai-Sensei nickte ohne zu nicken und entließ ihn mit einer leichten Handbewegung. Timo war erleichtert, dass es so einfach von Statten gegangen war. Er hatte eigentlich einen Koan erwartet. Es war das erste Mal, dass Timo seinen teuer bezahlten Unterricht versäumen würde.

Überfall

Nach dem Training am Montag hatte sich Timo, wie immer, ehrfürchtig vor seinem geliebten Lehrer verbeugt. Er duschte und machte sich auf den Weg zum Shibuya-Bahnhof. Dort war er mit Taemin um zehn Uhr abends in einem Coffee-Shop im Basement verabredet. Beim Judo hatte er alle Gedanken an den Verlauf des heutigen Abends abgeblockt. Nun war es soweit! Für heute Abend war der erste Überfall gemeinsam mit seinem Kumpel geplant. Das Treffen mit Olivia, für das er sein Judo abgesagt hatte, hatte gezeigt, dass er endlich an Geld kommen musste, wenn er sich nicht dauernd aushalten lassen wollte. Nur, würde er heute genug verdienen, dass er Olivia auch einmal zum Steakessen einladen könnte? Immerhin hatte sie letztes Mal umgerechnet fast vierhundert DM bezahlt.

Während der Fahrt zum Bahnhof war Timo aufgeregt, wie ein Erstklässler vor der Einschulung und wurde auch nicht ruhiger, als er seinen Kumpel im Coffeeshop traf. Sie klatschten sich ab und Taemin bestellte American-Coffee, für jeden ein Open-Sandwich und erklärte noch einmal, wie er sich ihr gemeinsames Unternehmen vorstellte und wer welche Rolle übernahm.

Zusammen, aber getrennt in unterschiedlichen Waggons, fuhren sie mit dem Zug bis zum Bahnhof Miyazakidai, etwa 20 Kilometer vom Stadtkern Tokios entfernt.

Dort hatte Taemin sein Motorrad am Abend vorher abgestellt und das Terrain sondiert. Sie kurvten in ihren gewendeten schwarzen Kapuzenjacken langsam durch die Straßen, bis sie eine ruhige Wohngegend erreichten. Bei einem kleinen Park stellte Taemin das Motorrad ab.

„Los geht's", feuerte dieser Timo an. „Packen wir's an!"

„Alles in Ordnung", antwortete der mit trockenem Hals. Sie legten die Helme auf dem Sitz ab und wendeten die Kapuzenjacken. Mit dem sein Maul weit aufreißenden Tiger auf dem Rücken hatten sie sich in die Hungry Tigers verwandelt. Sie zogen sich Handschuhe an, Atemschutzmasken übers Gesicht und stülpten die Kapuzen weit über die Augen. So huschten sie durch den Park auf die andere Seite, kauerten sich auf die Erde und warteten.

„Es ist noch etwas Zeit, ehe die letzten Züge aus Tokio eintreffen", raunte Taemin, „wir sind etwas früh dran." Vier Augen spähten in die Nacht. Es hatte nie eine Probe gegeben, das Zusammenspiel musste beim ersten Mal klappen. Timo war nervös, wie eine Neonlampe, die flackerte. Nur mit Rauchen, das er eigentlich hatte aufgeben wollen, hielt er seine Nerven ruhig. Taemin dagegen war entspannt.

„Während meiner Oberschulzeit habe ich Erfahrungen gesammelt, die jetzt von Nutzen sind", prahlte er wieder. Er hatte ein Butterfly-Messer bei sich und dazu noch einen Baseballschläger. „Nur als Vorsichtsmaßnahme, falls etwas schiefgehen sollte", hatte er mit einem Grinsen angemerkt. „Schau, das Messer hab' ich von meinem Vater zum zehnten Geburtstag geschenkt bekommen, falls ich mich einmal verteidigen muss. Das habe ich immer bei mir. Es soll mir Glück bringen." Damit steckte er es wieder in seine Tasche.

Beim ersten Mal wollte Timo beim Erlernten bleiben und die Nacktwürgetechnik anwenden. Einen, der erlaubten Griffe aus dem Sport-Judo. Es war die einzige Würgetechnik, bei der man nicht an das Revers seines Gegners greifen musste. Das würde helfen, denn er hatte Sorge, mit einem Anzugskragen nicht zurechtzukommen. Beim Wettkampf signalisierte der Gegner, wenn der Griff saß, sofort seine Aufgabe, weil der Druck auf den Hals spätestens nach fünf Sekunden zur Bewusstlosigkeit führen könnte. Dieses Mal werde ich den Griff nicht sofort lockern, überlegte er sich. Ich werde bis zur Bewusstlosigkeit würgen, damit ich sehe, ob's wirklich passiert.

„Der Pechvogel wird auf jeden Fall in Sekunden wie ein nasser Sack zu Boden plumpsen, und du kannst ihn ganz gemütlich ausnehmen, der rührt sich erst einmal nicht mehr." Das hatte er seinem Freund stolz versprochen, und Taemin war mit seinem neuen Partner sehr zufrieden. Genauso war auch seine Planung, so sollte alles ablaufen. Möglichst ohne Geräusche.

Bis ein geeignetes Opfer kam, oder wie Timo es fachmännisch nannte, ein *Uke*, verging fast eine halbe Stunde. Uke war der Partner, der beim Judo den Angriff empfing und es machte ihm leichter, auf diese Weise von ihrem Opfer zu sprechen. Der Mann, der ihren Weg kreuzte, mochte so um die fünfzig sein, hatte den Kopf tief in die Schultern vergraben, summte und wankte leicht beim Gehen.

„Perfekt!", zischte Taemin. „Los Timo, mach dich fertig und leg ihn auf die Matte!"

Timo sprang den Mann auf Taemins Handzeichen von hinten an und begann mit dem Würgegriff. Aber vor lauter Aufregung, die immer noch nicht abgeklungen war, stellte er sich ungeschickt an. Sein Kumpel riss derweil die Anzugsjacke des Mannes auf und tastete nach dessen Brieftasche. Ihr Opfer versuchte verzweifelt, die beiden abzuschütteln. Timo würgte und würgte und als er damit nicht zurechtkam und sich der Mann schon fast aus dem Griff befreit hatte, schlug Taemin ihm mit der Faust mitten ins Gesicht. Sofort lief Blut aus der Nase. Timo gab das Würgen auf, zog den Mann dicht an sich heran, ergriff dessen linken Jackenärmel, drehte sich schnell nach rechts und schleuderte den verzweifelt um sich schlagenden Mann, mit einem Hüftwurf auf den Boden. Endlich hatte er es geschafft.

Der Mann schlug hart auf, ächzte und versuchte sich wieder aufzurappeln. Sofort warf sich Taemin mit dem Messer in der Hand auf dessen Brust, drückte mit beiden Knien die Arme nieder und hielt ihm das Messer vor die Augen. Augenblicklich erstarrte ihr Opfer. Taemin filzte mit der freien Hand den Rock, klemmte das Messer zwischen seine Zähne, entdeckte endlich die Brieftasche, öffnete sie und riss alle Scheine heraus. Danach durchsuchte er flink die Hosentaschen nach Kleingeld, fand nur einige Fünf-Yen-Münzen und warf sie enttäuscht weg. Sofort hielt er dem, sich am Boden windenden Mann wieder sein Messer einige Sekunden vor die Augen. Ein blitzendes Messer dicht vor den Augen, sollte ihre Opfer einschüchtern und sie den Vorfall lieber schnell vergessen lassen. Das war Taemins Erklärung dafür gewesen. Timo stand halb verängstigt, halb ärgerlich daneben.

Er hatte nicht gut gearbeitet. Er hatte bei einem verdammt einfachen Würgegriff kläglich versagt, wurmte es ihn. Was würde sein Lehrer zu seinem Herumgehample sagen, und sein Freund war sicher schwer enttäuscht von ihm. Vor Zorn über sich und den verpatzten Würgegriff, mit Tränen in den Augen, trat er auf den am Boden Liegenden einmal, zweimal ein.

„Gut so, Timo, sonst hätt' ich's gemacht. Die Kerle müss'n sich vor Angst in die Hosen scheiß'n. Den lassen wir so liegen, der rappelt sich gleich wieder auf. Los, wir hau'n schnell ab", entschied er. Die beiden wendeten ihre Jacken, nahmen die Masken ab und liefen zum Motorrad. Sie setzen sich vorschriftsmäßig die Helme auf, schwangen sich auf die Kawasaki und fuhren zum nächsten von Taemin bestimmten Platz. Timo hatte keine Nerven bewiesen, und das ärgerte ihn mächtig. Er musste unbedingt seinem Kumpel beweisen, dass er ein verlässlicher Partner war.

Als sie am nächsten Arbeitsplatz ankamen, wie Taemin es ironisch nannte, klopfte er Timo auf die Schulter. „Das war schon super für den Anfang!", bestärkte er ihn. „Jetzt hol'n wir uns die nächste Kohle! Streng dich diesmal an!"

Ihre erste Arbeit war nicht perfekt gelaufen, die Brieftasche war jedoch gut gefüllt gewesen. Rund zwanzigtausend Yen für jeden, wie Taemin feststellte. Er betrachtete stolz die Scheine. „Für sowas hättest du 'ne ganze Nacht gekellnert."

Taemin hatte festgelegt, dass sie nur Bares nehmen. Kreditkarten und Ähnliches würden sie nicht anrühren. Bargeld konnten die Leute verschmerzen, und die Blessuren waren schnell verheilt.

Sie waren halt irgendwo gestolpert, würden sie zu ihrer Entschuldigung sagen, wenn sie nach Hause kamen. Aber gestohlene Kreditkarten mussten sie bei der Bank melden und deswegen konnte es ungemütlich werden. Timos Kumpel wollte kein Risiko eingehen. Es sollte alles in der berühmten Dunkelziffer untergehen. „Wenn die Polizei kein' Wind von unsrem Treiben bekommt, können wir unendlich weiterarbeiten", war sein Spruch gewesen.

Eine Zigarettenlänge später kam, wie bestellt, ein Schatten wankend auf sie zu. Taemin stieß Timo an. Die beiden wendeten ihre Jacken und setzten ihre Atemmasken auf.

„Das ist Nummer Zwei heute. Los, den nehmen wir aus, mach dich fertig!" Der Mann war kaum größer als Taemin und war so betrunken, dass es sichtlich gereicht hätte, ihm einen ordentlichen Stoß zu geben, um ihn zum Stolpern zu bringen, und seine Brieftasche wäre leer gewesen. Timo wollte die Schande von eben ausmerzen. Er drängte seinen Kumpel zur Seite.

„Ich mach's diesmal alleine!", bestimmte er das weitere Vorgehen. Er sprang den Mann von hinten an, und nachdem er dessen Hals mit dem Arm fest umschlungen hatte, begann er zu würgen. Mit Interesse schaute Taemin rauchend von der Seite zu, ließ seinen Freund machen und es klappte wie abgemacht. Er brauchte nur kurz zu würgen und schon fiel der Mann wie eine Gummipuppe zu Boden.

„Wow Timo, super, ganz toll!", platzte sein Kumpel heraus und spuckte vor Begeisterung aus. „So soll es sein!"

Doch Timo hatte noch nicht genug, der Mann war noch nicht ohnmächtig. Er kniete sich auf ihn und setzte erneut an zu würgen. Sein Opfer zuckte mit dem gesamten Körper und rollte mit den Augen, bis er ruhig wurde und sich nicht mehr bewegte. Timo würgte weiter, bis sein Kumpel ihn fortriss. Der Mann lag regungslos mit dunkelrotem Gesicht im Gras.

„Timo, Mann, bist du verrückt geworden? Is' der jetzt etwa tot?" Taemin war bleich geworden. Er hatte immer noch die Zigarette zwischen den jetzt fahl gewordenen Lippen.

„Quatsch, nur besinnungslos, der kommt gleich wieder zu sich. Ich wollte nur mal seh'n, ob's klappt. Beim Kampf darf man das nicht, der Gegner gibt mit Abklatschen vorher auf, und man muss sofort loslassen. Das war mein erstes Mal, dass ich jemanden bis in die Ohnmacht gewürgt habe, geht ja eigentlich ganz einfach, wenn man es richtig macht." Timo war mit sich selbst zufrieden und schmunzelte. „Aber zu lange darf man das auf keinen Fall, sonst sterben zu viele Gehirnzellen ab, und man kann für den Rest des Lebens blöd bleiben", belehrte er seinen Kumpel. „Ich denke mal, es war grad noch so okay. Du kannst ihn übernehmen." Sie klatschten sich ab. Für einen Moment betrachteten die Hungry Tigers den Mann, der glücklich zu schlafen schien. Taemin raubte den Mann aus und schüttete unter Lachen das Kleingeld über ihr Opfer.

„Wir sind ja nicht so, kannst etwas behalten." Sie entfernten sich ein Stück und hockten sich auf den Boden. Das war ihr erster wirklich gelungener Überfall.

„Wie viel ist es dieses Mal?“, erkundigte sich Timo noch atemlos.

„So etwa siebenunddreißigtausend“, flüsterte sein Kumpel. Also war sein Anteil bei den beiden Überfällen etwas über vierhundert Mark.

„Super!“ Timo schluckte. „Nicht schlecht für den Anfang! Dann kann ich mit Olivia endlich mal so richtig auf den Putz hauen. Mann, Taemin, das Oyaji-gari war eine gute Idee von dir, das gefällt mir.“ Er schlug seinem Kumpel auf die Schulter.

„Na siehst du, es geht ganz einfach und ist für uns beide leicht verdientes Geld. Du Timo, wollen wir uns noch einen Weiteren vornehmen, Nummer Drei? Wir sind grad so gut drin. Einen schaffen wir noch. Du warst ehrlich fantastisch!“ Taemin zögerte für einen Augenblick, sein Gesichtsausdruck änderte sich. „Oder lassen wir es für heute bleiben und feiern unsren Einstand! Was meinst‘? In ein paar Tagen machen wir ohnehin weiter.“ Er betrachtete ihr Opfer, das noch immer regungslos auf dem Boden lag.

„Wann kommt der denn wieder zu sich? Ich hab‘ so was noch nie erlebt.“

„Ich denke, das dauert nicht so lange. Wir sollten ihn vielleicht kurz ansprechen, dann geht’s schneller.“

„Das mache ich.“ Taemin stand auf, stieß ihr Opfer heftig mit dem Fuß in die Seite und als ein gequälter Laut über dessen Lippen kam, war er zufrieden. Beschwingt lief er zu Timo zurück. „Das is‘ noch einmal gut gegangen, der Kerl hat Glück gehabt. Abgekratzt is‘ der auf jeden Fall nich‘.“

Timos Kumpel lachte befreit und spuckte vor Glück aus, denn ein Toter würde sofort die Polizei auf den Plan rufen, und das wollte Taemin auf keinen Fall riskieren. Er hatte mit der Polizei schlechte Erfahrungen gemacht. „Komm, machen wir für heute Schluss, gehen wir irgendwohin und kippen ein." Vergessen war der dritte Überfall, und im Stillen war Timo ganz froh darüber. Sie hatten für den Anfang einen guten Schnitt gemacht, und Alkohol würde seine Nerven beruhigen. Sie rollten und zogen den Mann in die Büsche, als er versuchte, sich aufzurichten. Sie schauten sich um; niemand hatte die Aktion beobachtet.

„Hier kann er sich noch was ausruhen!", erklärte Taemin mit einem breiten Grinsen, „ehe er nach Hause geht und was vorlügt", und spuckte zur Bestätigung auf den Boden. Sie klatschten sich ab. „Das haben wir super hingekriegt, und so machen wir das von jetzt an immer. Du servierst mir die Kerle, und ich nehm' sie aus. Ich denke mal, nächstes Mal wird es perfekt laufen. Heute war's nur eine Übung. Was meint du?" Timo nickte. Das nächste Mal würde er eine von den verbotenen Techniken anwenden und sehen, wie sie wirkten. Erst einmal vorsichtig, später aber auch mal ungebremst.

„Taemin, das nächste Mal strenge ich mich mehr an, das verspreche ich dir." Sie schlenderten zufrieden zum Motorrad, wendeten die Kapuzenjacken und waren keine Hungry Tigers mehr. Sie setzten sich die Motorradhelme auf und fuhren wie unschuldige Teens im langsamen Zick-Zack durch die Nacht Richtung Tokio. Irgendwo wollten sie auf dem Weg in einem 24-Stunden-Laden Bier kaufen und sich auf dem Parkplatz davor zuprosten.

Ihr erster Tag war erfolgreich verlaufen, und das musste gefeiert werden. Taemin war mit der Beute und seinem Kumpel zufrieden. Timo hatte Geld für das nächste Date mit Olivia und obendrein noch jemanden bis zur Ohnmacht gewürgt. Das hatte er schon immer ausprobieren wollen. Diese Grenze zu überschreiten hatte er also geschafft. Empathie war schon lange für ihn zu einem Fremdwort geworden. Seine Sehnsucht, die verbotenen Techniken anzuwenden, war zur Sucht geworden. Alles andere kümmerte ihn nicht mehr.

Im Bett mit Olivia

Die Überfälle ließen sich an manchen Tagen in finanzieller Hinsicht gut angehen, und nun saß Timo in einem First-class-Hotel im Coffee-Shop mit Olivia bei einem Café au Lait und Mini-Törtchen. So etwas hatte er sich sehnlichst gewünscht, aber dass der Kaffee hier umgerechnet zwölf Mark kostete, brachte ihn immer noch durcheinander. Olivia wollte mit ihm am Wochenende nach Kioto fahren. Sie schmiedeten Pläne, was sie alles besuchen wollten. Zug erster Klasse und Hotel hatte sie schon gebucht und etwas zum Rest würde er dieses Mal beisteuern. Er hatte fast 500 Mark in seiner Kriegskasse, die er mit ihr verpulvern könnte. Für das heutige Treffen mit Olivia hatte er wieder einmal die Schule geschwänzt, aber das war inzwischen bereits zur Normalität geworden.

„Du Olivia, in Kioto gehen wir auf jeden Fall ganz groß zum Matsusaka-Steak-Essen. Ich lade dich ein, und nach dem Essen geht's in eine Bar mit Geishas."

„Du mein kleiner Wichtigtuer", flüsterte sie und kuschelte sich fest an ihn. Timo legte seinen Arm um ihre Schultern und lehnte den Kopf sanft an ihren. Zwei Tage keine Schule und kein Judo, dafür die ganze Zeit mit Olivia. Das war surreal und aufregend und zugleich irre. Die Prinzessin war verheiratet und lebte in einer anderen Welt, in der Geld keine Rolle spielte. Und er war zum Straßenräuber verkommen.

Er überlegte sich, ob sie ihn überhaupt liebte und mit ihm durchbrennen würde. Natürlich war das Quatsch, das war ihm klar. Er war nur ein flüchtiges Abenteuer für sie. Und wenn schon. Nicht umsonst hatte sie einen Goldesel geheiratet.

Wusste er mit seinen neunzehn Jahren überhaupt, was Liebe war? Liebe. Da war er sich nicht sicher, er war sich über gar nichts mehr sicher. Zu einem Jungen gehörte nun mal ein Mädchen, und alle Mädchen mochten Jungs. Die Mädchen in der Schule bewunderten ihn, wenn er vom Judo sprach und Fotos zeigte, auf denen er seine Gegner durch die Luft wirbelte. Hatte er jemals Mühe gehabt, ein Date zu bekommen? Nein! Aber was hatte mal ein Zusammenschlafen mit Liebe zu tun? Timo zupfte an seiner Nase. Mit Olivia drehte sich alles allein um Sex, es war keine Liebe.

„Was ist mit dir, Timo, du bist plötzlich so ruhig geworden“, seufzte Olivia mit einem Schmollmund. „Du schwebst irgendwo im Weltall herum, nur nicht hier bei mir. Sieh mich an“, drängte sie, „und gib mir einen Kuss.“

„Ich träume von der geilen Zeit mit dir in Kioto.“ Er umschlang sie und sein Kuss dauerte ewig.

„Ich lade dich zum Mittagessen ein, damit du Kraft für dein Judo hast. Ich habe die Kreditkarte von Opi, ich denk, wir sollten uns was Tolles leisten, auf was hast du Appetit, mein süßes Timolein?“ Was er antworten sollte, wusste er zuerst nicht, Fugu fiel ihm ein.

„Hätte mal Lust auf Fugu. Ich habe schon viel davon gehört, aber noch nie gegessen.“

„Wenn du lebensmüde bist, gern“, lachte Olivia schallend.

„Aber Okay, ich kenne ein sehr gutes Restaurant, da gehen wir hin. Du bist dann wieder am Abend dran mit bezahlen." Olivia schielte zu Timo, der tapfer nickte. Das gefiel ihr. Morgen standen wieder Überfälle an, nur gut, dass er einen verlässlichen Freund mit einer guten Geldquelle hatte. Wenn nur Taemin nicht immer darauf bestand, dass niemand schwer verletzt werden durfte. Wie konnte er die Wirkungen seiner Schläge und Tritte feststellen, wenn er wie mit Samthandschuhen zuschlagen musste. Das war ja kaum anders, als wenn er in seinem Dojo gegen die Holzwand gekämpft hatte. Er wird mit Taemin darüber sprechen müssen, nahm er sich vor.

Olivia holte ihn am Abend vom Judo ab, und sie gingen in eine Sushibar, fütterten sich gegenseitig mit Tausend-Yen-Sushi und hatten Spaß, wie es nur verrückte Teenager von reichen Eltern haben konnten. Dazu tranken sie Bier und danach noch Sake, bis sie fast betrunken waren. Timo war heilfroh, dass er die Rechnung noch gerade so bezahlen konnte. Ich hätte mir mehr einstecken sollen, ermahnte er sich, denn vor Olivia will ich mich nicht blamieren. Ein paar Hunderter sollte ich immer bei mir haben.

Sein letzter Zug war wieder einmal weg. Olivia legte ihm die Hand auf die Schulter und flüsterte: „Schlaf heute Nacht bei mir, Opi ist geschäftlich nach Osaka gefahren."

Die Einladung haute Timo um.

War er etwa in einem Hollywood-Film gelandet: Armer Straßenjunge im Bett einer reichen Prinzessin? Die dazu noch verheiratet war. Er ließ sich gerne mitziehen und war sich sicher, der glücklichste Mensch in ganz Tokio zu sein. Olivia winkte nach einem Taxi, und zusammen fuhren sie zu ihr.

Die Wohnung kannte er noch von der Cocktailparty. Ohne Gäste kam ihm das Wohnzimmer so groß vor, wie ein Tennisplatz. In einer Ecke stapelten sich Umzugskartons und ein aufgerollter Teppich. Er erkannte die Lithographie mit der Taube von Picasso in dem hässlichen Ramen über dem chinesischen Schrank, in dem eine Bar untergebracht war. Timo öffnete die Flügeltüren. Im gleißenden Neonlicht stand eine Kompanie Flaschen vor ihm Spalier, verzehnfacht durch die Spiegelverglasung im Inneren. Er angelte sich eine davon. Noch nie in seinem Leben hatte er vor einer Home-Bar mit einer Flasche Whisky in der Hand gestanden. Schon gar nicht mit einem Single Malt Whisky, wie das Etikett großspurig verhieß.

Jetzt bin ich endlich ganz oben angekommen, war der Gedanke, der ihn packte. Für einen Augenblick hielt er inne. Diesen Moment musste er genießen. Olivia war ins Badezimmer gegangen; er war allein. Timo griff eines von den schweren Kristallgläsern und schüttete es mit dem Single Malt Whisky bis zum Rand voll. Er langte in eine silberne Schale, die aufwendig graviert war, fischte sich eine Zigarette heraus und zündete sie an einem Feuerzeug an, das aussah wie eine dorische Säule. Er fühlte sich, als wäre er die Sonne und die Welt drehte sich um ihn. Er hätte vor Glück sterben können, es wäre ihm egal gewesen.

Er setzte sich in einen ledernen Schalensessel, legte die Beine auf den Beistelltisch und genoss den teuren Whisky Zug um Zug und paffte die Zigarette.

Olivia kam nackt mit einer Flasche Champagner und zwei Gläsern in der anderen Hand ins Zimmer gestolpert. „Komm, mein Liebling, den trinken wir im Bett als Einstimmung“, lud sie ihn mit der Champagnerflasche winkend ein. Nein, nicht nur mit dem Champagner, sondern mit ihrem ganzen Körper. Ihre Brüste so rund wie Handbälle, die Brustwarzen aufgerichtet, ihre Scheide, die ihn nervös machte. Sie und ihre Welt gehörten zusammen. Das eine bekam er nicht ohne das andere. Es kam Timo vor, als hätte er eine Pauschalreise gebucht, alles inklusive. Er brauchte sich nur zu bedienen, er konnte haben was er wollte. Sex und Geld.

Trotz der aufreizenden Einladung hatte Timo es dennoch nicht eilig, er wollte sein privates Glück auskosten.

„Ich komme sofort, Liebling. Ich mache mir nur schnell noch einen Drink“, versprach er und ließ Olivia warten. Er nahm langsam einen kräftigen Schluck Whisky und freute sich auf den Sex. Das Zeug tanzte auf der Zunge und brannte in der Kehle. Lässig stellte er das Glas auf den Sesselrand, zog an der Zigarette und ließ seinen Blick durch das riesige Zimmer schweifen.

So will ich auch einmal leben und nicht in einer miesen Zweieinhalb-Zimmer-Wohnung, die in diesen Raum allein zweimal passt! Mit Wehmut dachte er an seine Kindheit, als sein Vater noch zu Hause gewesen war. Sie hatten damals in einem großen Haus gewohnt. Warum war sein Vater nur verschwunden? Hatten er und seine Mutter Streit? Warum hatte sie nie mit ihm darüber gesprochen?

Vielleicht war er unheilbar krank gewesen und hatte die letzten Tage seines Lebens, genau wie die Bienen, alleine verbringen wollen. Das von den Bienen hatte er einmal gelesen. Timo wusste, dass er sich nur in etwas Romantisches hineinträumte. Aber irgendeine Antwort musste er haben.

„Süßes Timolein, wo bleibst du denn?" Olivia wurde ungeduldig.

„Sofort", rief er und tauchte tiefer in den Schalensessel, angelte nach seinem Glas und nippte am Whisky. Alles um ihn atmete Ruhe.

Als Olivia erneut nach ihm rief, nahm er ohne Eile noch einen weiteren Schluck, zog an der Zigarette, blies den Rauch langsam mit Genuss gegen die strahlend weiße Zimmerdecke und schnippte die Kippe in das halbvolle Whiskyglas. Es zischte. Inzwischen konnte er sich so etwas leisten. Das Dienstmädchen würde morgen früh die verräterischen Hinterlassenschaften seiner Anwesenheit beseitigen.

Timo stand auf, stöberte erneut in der Hausbar, nahm sich eine Flasche Napoleon XO mit für später, ließ die Türen der Bar offen und das Licht brennen. Ab jetzt waren seine Gedanken nur noch beim Sex mit Olivia.

Das Schlafzimmer war schon fast fertig eingerichtet und in gedimmtes warmes Licht getaucht. Die Wände rosa. Ein riesiges Doppelbett thronte an der Wand. Darüber, fast die gesamte Breite ausfüllend, das berühmte Andy-Warhol-Mao-Poster. Darunter posierte die nackte Olivia. Als Timo zu ihr kam, richtete sie sich mit einem Schmollmund auf und zog ihn hastig aus.

„Na endlich, mein Schlawiner, was treibst du denn so lange im Wohnzimmer. Komm endlich zu mir ins Bett. Deiner steht ja schon prächtig!" Sie umfasste ihn und begann ihn zu bearbeiten. Timo stöhnte und ließ sich auf sie fallen.

Das Bett war so weich, dass es ihm vorkam, als ertränke er. Olivia ließ den Sektkorken mit einem Knall durchs Zimmer schießen. Der Sekt schäumte, beide johlten vor Begeisterung, „auf eine geile Nacht", lärmten und küssten sich immer wieder, tranken weiter und teilten sich eine Zigarette. Als die Sektflasche geleert war, warf sie Olivia mit Schwung durchs Zimmer und fegte die Gläser vom Bett. „So, und jetzt zu uns beiden." Sie wühlten sich durch die Bettlandschaft. Timo angelte nach dem Napoleon und trank gleich aus der Flasche. Olivia kniete vor ihm mit gespreizten Schenkeln und griff danach, trank auch und steckte sich den Flaschenhals unter Kichern in ihre Scheide. Timo half ihr, ihn hin und her zu bewegen.

„Aber als nächstes komme ich rein, meiner kann da auch mithalten," gluckste Timo.

„Aber erst blas ich dir einen!" und nur zu gerne ließ er sich von Olivia zu immer neuen und gewagten Sexstellungen verführen, bis alles für ihn verschwamm. Er vergrub sich in ihre weichen warmen Brüste, suchte die Öffnung zwischen den Schenkeln, in die sie ihn glucksend einlud, fand sie, und bald wusste er nicht mehr, wo er war.

Shopping

Zur Sprachschule ging Timo oft nur noch, dort seinen Freund Taemin zu treffen, um mit ihm ihren nächsten Beutezug zu besprechen. Viele Unterrichtsstunden schwänzte er wegen Olivia oder ließ sie mehr oder weniger über sich ergehen, denn sich im Judo-Land verständigen zu können, war immer noch sein Wunsch. Schließlich waren alle Fachausdrücke im Judo japanisch. Und es gab auch wichtige Worte, wie Tomodachi, Freund, oder einfach Dachi, wie Taemin ihn immer nannte.

„Das war doch letzte Woche wieder super“, empfing ihn Taemin vor der Schule und lotste ihn in einen nahegelegenen Coffee-Shop. Sie bestellten jeder eine Miso Suppe. „Nächsten Monat sollten wir unser Ergebnis noch übertreffen“, begann Taemin ihre Unterredung.

„Ich komme eigentlich mit dem *Verdienst* gut zurecht. Hast was Neues vor?“ Timo strahlte. „Und mehr kann man ja immer gut gebrauchen. Das mit dem Oyaji-Gari war eine super Idee von dir. Nur, manchmal tun mir die Kerle leid, weil die mir überhaupt nichts entgegenzusetzen haben und einfach niedergemacht werden. Nur würgen oder Schulterwürfe sind doch auf die Dauer langweilig und machen mir keinen Spaß mehr. Ob ich mal auf einen Judoka treffe und mit ihm kämpfen kann?“

„Lieber nicht. Ich will kein’ Kampf, ich will Kohle. So’n Kampf bringt nur Scherereien.

Und wenn du dabei jemanden schwer verletzt, wovon du immer sprichst, dann ham wir garantiert die Polizei aufm Hals. Denk lieber ans Verdienen und serviere sie mir. Dann hast du mehr davon", entschied Taemin. „Hab' mir 'nen geilen Fernseher gekauft, den muss ich abzahl'n. Ich brauch' much, much Money", lachte er Timo an. „Und du willst doch auch ein paar Lappen für deine süße Olivia." Das stimmte. Mehr Geld bedeutete für ihn, dass er sich ohne Gedanken an seine Finanzen mehr mit Olivia amüsieren konnte, vielleicht auch mal mit den Studenten im Heim. Geld war notwendig. Die verbotenen Techniken wollte er jedoch unbedingt endlich an seinen Opfern ausprobieren, koste was es wolle. Taemin, sein Dachi, Freund, wollte sich von zwei wöchentlichen Überfällen auf drei steigern, weil manche fast gar nichts einbrachten und er dringend Bares brauchte. Das brachte Timo auf eine Idee. Vielleicht könnte er mit Taemin einen Deal machen, zwei normale Überfälle und der dritte auch mal mit einem Verletzten.

„Wegen mir können wir jeden Tag wen überfallen", stimmte Timo großzügig zu, „aber ab und zu will ich auch mal spezielle Techniken anwenden, die vielleicht zu heftigen Verletzungen führen könnten. Ich finde, das können wir schon mal riskieren. Uns erkennt ja keiner, du und ich, wir sind doch Profis."

„Ich bin nicht dafür, aber wenn es mal zu einem Unfall kommt, müssen wir unsren Aktionsradius ausweiten, damit die Bullen uns nicht zu sehr in die Quere kommen", bestimmte Taemin. Timo hörte heraus, dass sein Kumpel einverstanden war, und er war zufrieden. Taemin machte eine Pause und spuckte auf den Boden.

„Unsre Arbeitsklamotten hab' ich inzwischen im Müllcontainer entsorgt. Bei dem alten Laden werden wir sicher Ärger krieg'n", stellte er mit einem Grinsen fest. „Ich hab' schon einen neuen im Auge. Die haben auch was mit Tigern. Wir müssen dort nur mal zum Anprobier'n hingeh'n. Nachts mit 'ner Taschenlampe", grinste Taemin frech. „Die Tür ist leicht aufzubrech'n und ich weiß, wo die Klamotten häng'n. Let's go!"

Einbruch! Timo fühlte sich in seine Schulzeit zurückversetzt. Aus Jux waren sie in der zehnten Klasse zum ersten Mal eingebrochen, in eine Kneipe, und hatten versucht, einen Spielautomaten aufzubrechen. Mit Erfolg. Für Timo also nichts Neues.

„Ob in dem Laden wieder was in der Kasse zu finden ist?", flocht Taemin feixend ein und stieß seinen Kumpel in die Seite.

„Ich könnte mal checken, ob ich die aufbekomme. Das bringt vielleicht mehr, als unser Oyaji-gari." Timo griente seinen Freund an. „Soll ich? Es wäre doch ein netter Zusatzverdienst."

„Kannst gern versuch'n, aber es darf keiner merken. Wenn die die Kasse am Morgen aufgebrochen finden, ist das scheiße, weil die das sofort den Bullen melden. Wenn zwei Jacken fehl'n, merken die es erst einmal nich' so schnell. Vielleicht noch nicht mal nachm halben Jahr. Da sind wir auf der sichren Seite. Auf jeden Fall will ich wieder Jacken mit 'nem Tiger drauf", flüsterte Taemin. „Ist halt unsere Trademark. Wir, die Hungry Tigers, sind doch immer hungrig." Er lachte zufrieden und klatschte in die Hände.

„Ich versuche es auf jeden Fall einmal, es kann ja nicht schaden“, beschloss Timo, „sich an der Kasse zu bedienen.“ Die Schulglocke beendete ihr Gespräch. Timo wusste, es würde heute ein sehr kurzer Schultag werden.

Während der zweiten Unterrichtsstunde steckte Taemin seinen Kopf durch die Tür: „Telefon für Herrn Feldmann!“, rief er und grinste dabei Timo frech an. Auf das Telefonat, zu dem Taemin ihn rief, hatte Timo gewartet. Heute würde er mit Olivia ordentlich shoppen gehen.

Olivia hatte schon nach zwei Wochen die Schule aufgegeben, es war ihr zu schwierig geworden. Aber sie blieb mit ihm in Kontakt. Entweder telefonierte sie ihn in der Sprachschule an oder bei der Judoschule, was er nicht mochte. Oder abends im Studentenheim. Timo rief auch schon mal übermütig bei ihr zu Hause an, um den Treffpunkt für ein neues Date klarzumachen oder nur, weil er Lust hatte, ihre Stimme zu hören. Zwei Mal hatte er dabei spätabends ihren Mann erwischt und etwas rumgestottert. Seit dieser eher unangenehmen Erfahrung rief er ausschließlich vormittags vom Sekretariat, unter Taemins Grinsen, in den Unterrichtspausen an.

Olivia und er trafen sich eine Stunde später auf der Ginza, der vornehmsten und teuersten Einkaufsstraße von Tokio, im Le Café Doutor. Er war mit dem Taxi gekommen, Olivia wartete bereits auf ihn. Sie hatte einen Platz mit Blick auf den belebten Boulevard ausgesucht und saß vor einem Kaffee und einem Erdbeertörtchen. Sie küssten sich leicht auf die Wange und Timo rief die Bedienung.

„Bitte eine de luxe Patisserie-Platte für zwei und einen Café Latte Macchiato", sagte er, wie so nebenbei, als er von der Speisekarte aufblickte. „Und magst du noch etwas anderes, Olivia?" Sie lächelte ihn an und schüttelte den Kopf. Seit einiger Zeit konnte er sich, dank Taemin, extravagante und unnötige Dinge, wie dieses Essen leisten. Es machte ihm unheimlichen Spaß, mit dem Geld herumzuwerfen, und das gefiel Olivia ebenso. Am Anfang dachte sie, er jobbe nachts irgendwo, um sich etwas für ihre Treffen zu verdienen, was sie romantisch fand. Weil er nach dem Judotraining abends oft Zeit hatte, musste er es sich sicherlich anderweitig beschaffen und sie überfiel eine leichte Erregung. Sie fragte sich, was er wohl anstellte, um ab und zu die Taschen voller Scheine zu haben. Sie wusste natürlich, dass ihr Liebhaber damit vor ihr angeben wollte und es schmeichelte ihr. Sie mochte zudem den Gedanken, dass er für sie etwas Unerlaubtes oder Gefährliches tat. Bei Gelegenheit würde sie ihm einmal auf den Zahn fühlen.

Am Samstagabend sollte es eine hochkarätige Party bei ihr zu Hause geben. Wichtige Leute waren dazu eingeladen, und Timo brauchte dafür entsprechende Kleidung. Das Einkaufen war für den Vormittag angesagt und Olivia freute sich darauf, ihren Liebling auszustatten und herauszuputzen.

Die beiden ließen die Patisserie-Platte fast unberührt stehen, was Timo mit Genugtuung erfüllte. Es ärgerte ihn nur, dass man in Japan kein Trinkgeld gab. Zu gern hätte er einmal einfach so zehn Mark liegen gelassen.

Sie fuhren zum Nummer-eins-Kaufhaus in Tokio, dem Takahashimaya auf der Ginza.

Dort verwandelte sich der raue Judoka in einen rauschenden Party-Beau. Nichts konnte Olivia teuer genug sein. Er musste neben dem dunkelblauen Pierre-Cardin-Smoking noch ein Rüschenhemd bekommen, sowie anstelle einer Krawatte ein Seidentuch, das ihm lässig um den Hals gebunden wurde. Cerruti-Socken und Lloyd-Lackschuhe. Als sie nach dem Großeinkauf mit der Kreditkarte bezahlte, lächelte sie nur.

„Zahlt alles Opi. Der wollte, dass du dieses Mal vernünftig ausschaust. Lassen wir ihn also bluten!" Timo bestaunte sich im Spiegel. Er konnte gar nicht glauben, dass er es war. Sein Konfirmationsanzug war dagegen etwas für abgerissene Bettler.

„Sieht mega super aus, Olivia. Das gefällt mir."

„Das mache ich doch gerne für meinen süßen Liebling", dabei gab sie ihm einen Kuss auf den Mund. Sie störte sich nicht daran, dass die Verkäuferin danebenstand und bestimmt den *süßen Liebling* mitbekommen hatte.

Timo gefiel sich. Er überlegte, ob er noch nach einer goldenen Armbanduhr schauen sollte, einer Rolex. Warum sollte er sie nicht etwas melken, ging es ihm durch den Kopf.

Wer weiß, wie lange das noch gut geht, bis ihr Alter Lunte riecht, dass seine Frau einen jungen Lover hat. Oder sie an mir kein Interesse mehr hat. Wahrscheinlich würde Olivia ihm diese sogar kaufen. Es lag ihm auf der Zunge, sie nach einer goldenen Uhr zu fragen, vielleicht sogar nach einer Rolex, die sein Outfit abrunden würde; er ließ es aber. Er wollte nichts provozieren.

„Weißt du, Liebling, mein Opi hat gesagt, wenn du nichts Ordentliches zum Anziehen hast, darf ich dich nicht einladen. Der glaubt immer noch, dass wir Klassenkameraden sind und du ein einsamer Judoka bist." Dabei kicherte Olivia unvermittelt so laut, dass die Verkäuferin einen Schreck bekam und Timo einen roten Kopf. Olivia wandte sich mit einem Lächeln zur Verkäuferin und informierte sie, alles zu ihr nach Hause zu schicken.

Nach dem Einkauf und einem kurzen Snack verbrachten sie den Nachmittag in einem halb gefüllten Kino mit lärmenden Schülern. Sie saßen umschlungen in der letzten Reihe und küssten sich mehr, als dass sie Brad Pitt in ‚Sleepers' beachteten. Olivia knüpfte schließlich ihre Jeans auf und schob Timos Hand unter ihren Slip. Sex im Kino, auch etwas von dem Timo bisher nur gehört hatte. Aber warum nicht, solange es keiner mitbekam.

Timo fand sich beim Betrachten des Films in den New Yorker Kids irgendwie wieder, wie sie den Hot-Dog-Verkäufer aus Spaß und Langeweile bestahlen und seinen Verkaufswagen darüber hinaus noch in Schrott verwandelten. Dafür landeten sie in einer Jugendstrafanstalt, in der sie von einem sadistischen Aufseher vergewaltigt wurden. Die Gefängnisse in Japan sollten kaum besser sein, hatte er einmal von einem in der Schule gehört. Aber wahrscheinlich wurde man dort nicht vergewaltigt. Er und Taemin mussten einfach vorsichtig sein, dann konnte nichts passieren.

So sorglos verspielt, wie diese italienischen Kids, waren sie sicherlich nicht.

Ins Gefängnis wandern wollte er auf keinen Fall! Timo massierte mit der freien Hand sein Nasenbein. Nein, Taemin war ein Profi! Er atmete heftig ein und aus, Olivia deutete es falsch. Sie begann leicht zu stöhnen, als Timo es ihr mit dem Finger machte. Was ihm am Ende des Films besonderes Vergnügen bereitete, war, dass der Aufseher in der Jugendstrafanstalt, der die Jungs vergewaltigt hatte, später von zwei seiner Opfer kaltblütig in einem Restaurant beim Essen erschossen wurde. Der Höhepunkt war, die beiden kamen damit sogar durch, weil alle ihre Freunde und sogar ein Priester vor der Polizei falsch aussagten. Timo war erregt, wurde hart und sein Finger wühlte sich vor Freude über das Happy End tiefer. Olivia seufzte. Er umarmte sie und sie küssten sich beim Abspann.

Als sie draußen waren, steckte Olivia drei Zehntausend-Yen-Scheine tief in Timos Hosentasche.

„War wieder süß mit dir mein Schatz, bin im Kino feucht geworden."

Wie so oft in letzter Zeit, war Timo an dem Tag wieder zu spät beim abendlichen Judo. Es ärgerte ihn, wenn Olivia absichtlich die Zeit so hinauszog. Nach dem Film hätten sie sich verabschieden sollen, aber sie wollte noch unbedingt ins teure Teikoku Hotel, mit ihm an der Bar einen Tequila Sunrise trinken. Nach dem Taschengeld konnte er nicht nein sagen.

Eigentlich hatte das mit Liebe oder Freundschaft nichts mehr zu tun. Zu allem kam hinzu, dass es ihm allmählich lästig wurde, vor seinem Lehrer zu kriechen und mit irgendwelchen auswendig gelernten Formulierungen, Nakais Nachsicht zu erringen. Dafür mochte er ihn zu sehr. Er musste irgendwann mit ihm über Olivia reden. Mann zu Mann. Nur, letztlich ging es gar nicht um sie, sondern um das Luxusleben, das er auf keinen Fall aufgeben wollte. Und darum, dass er im ehrwürdigen Teikoku Hotel an der Bar saß und mal so nebenbei Viertausend-Yen-Drinks schlürfte.

Timo ahnte, nein er wusste, sein Lehrer hatte dafür ganz sicher kein Verständnis, er war wie ein Heiliger und würde ihm einen entsprechenden Koan auf den Weg mitgeben, sich allein auf Judo zu konzentrieren. Timo brauchte seinen Lehrer, denn auf jeden Fall wollte er mit dem schwarzen Gürtel nach Hause fahren. Das bedeutete zu seinem Verdruss, dass er seinen geliebten Lehrer immer häufiger anlügen musste, denn ohne Olivia gab es kein Leben im Luxus und ohne die Nachsicht seines Lehrers, keinen Abschluss. Beides, Olivias Leben und sein Judo unter einen Hut zu bringen, bereitete ihm zusehends Kopfschmerzen. Er zupfte an seinem Kinn. Worauf hatte er sich nur eingelassen; mit Taemin und Olivia.

Party

Das süße Leben der Reichen und Schönen war für Timo zur Normalität geworden, wenn er mit Olivia unterwegs war. Doch seinen Reiz hatte es keineswegs verloren, und die heutige Party war etwas Besonderes, das fühlte er sofort, als er das Apartment betrat. Im Nachhinein ärgerte er sich, dass er sich im Kaufhaus nicht von Olivia eine goldene Uhr gewünscht hatte, darauf bestanden hatte, dass sie ihrem Liebling eine schenkt. Die hätte gut zu dem Anzug gepasst. Und nicht nur zum Anzug. Vielleicht nächstes Mal!

Auf der Party von Olivias Sugardaddy, wie er ihren Mann inzwischen nannte, spielte in einer Ecke ein Quartett klassische Musik, gedämpft, damit die Konversation der Gäste nicht gestört würde. Timo schaute sich um. Mann, die müssen ja son halbes Bruttoinlandsprodukt einer Bananenrepublik für diese Party ausgegeben haben. Und ich gehöre dazu, durchfuhr es ihn stolz. In seinem Smoking war er großartig herausgeputzt, und er fühlte sich wie Leonardo DiCaprio in Titanic. Er nahm sich Sekt, schlürfte einen Schluck, stellte das Glas noch halbvoll irgendwo ab und nahm sich lässig ein neues, genau wie die Anderen. Und, wie sollte es anders sein, es war nicht Sekt, sondern Champagner, Dom Perignon, die schwarze Flasche. Solche feinen Unterschiede in der Welt der Betuchten, schätzte er inzwischen.

Die Bedienungen vom Catering-Service waren alles junge Mädchen aus den Philippinen, die stets lächelten, als wäre ihnen das Lachen angewachsen. Timo schlenderte zwischen den Gästen, die sich zu Grüppchen zusammengefunden hatten. Olivia ließ sich, wie beim ersten Mal, nicht blicken. Aber das irritierte ihn nicht mehr. Er erkannte einige Gäste von der ersten Party, stellte sich zu ihnen und übte sich im Smalltalk. Dabei vergnügte er sich damit, irgendein Horsd'oeuvre auszuwählen, es anzubeißen und es dann irgendwo liegen zu lassen. Er war ganz anders drauf, als auf seiner ersten Party, als er noch Hunger hatte. Als Gastgeschenk hatte er dieses Mal einen Strauß billiger Blumen mitgebracht. Er musste ja vor Olivias Mann den armen Studenten spielen, denn das kam bei ihrem Mann anscheinend gut an.

An der Sushi-Bar ließ er sich einen Teller mit Thunfisch, Garnelen und Lachsroggen zusammenstellen, und als er den ersten Bissen nahm, erklang vom Quartett auf einmal eine ihm bekannte Melodie. Sie würde ihm nie mehr aus dem Kopf gehen: Air von Bach. Franzi war seine erste Liebe gewesen. Sie gingen in die gleiche Klasse und waren dreizehn. Franzis Vater war Pianist und hatte eine riesige Plattensammlung, in der beide gern wahllos stöberten. Seit Timo einmal mit Franzi Air gelauscht und dabei ihr schüchternes Lächeln und ihre träumenden Augen gesehen hatte, ging ihm diese Weise nie mehr aus dem Kopf. Eine Melodie, wie geschaffen zum Träumen und Küssen, und das war es, was an jenem Abend beide taten und sich ewige Liebe versprachen. Nur vier Monate später war Franzi an Herzversagen gestorben. Damals hatte er sich umbringen wollen, um auf ewig bei ihr zu sein.

Das scharfe Wasabi zwischen Reis und Fisch katapultierte ihn augenblicklich in die Gegenwart, und plötzlich stand Olivia mit einem breiten Lächeln neben ihm und hakte sich bei ihm unter.

„Du siehst heute ziemlich elegant aus", begrüßte sie ihn verschmitzt. „Wo hast du nur die tollen Klamotten her?" Sie erwartete keine Antwort, weil sie die bereits kannte. Vielmehr war das der Auftakt zu einer besonderen Vorstellungsrunde. Sie lotste ihn zu den wichtigen Gästen. Er traf zu seiner Überraschung, oder war es schon normal für ihn, den Chef der Bank von Japan, Yasuo Matsushita, der ihn freundlich begrüßte. Dann folgte ein weiterer Mann mit zerknautschtem Gesicht und schiefem Mund, anscheinend ein Ehrengast. Am Ende konnte er sich die Namen nicht mehr merken. Nach dem Rundgang besaß er siebenunddreißig Visitenkarten von Who's Who in Japan. Er selbst hatte keine Karte. Als er sich einmal bei seinem Lehrer nach Visitenkarten und deren Notwendigkeit in Japan erkundigte, hatte der nur gelacht. „Du bist ein Nichts oder willst du etwa mit deinem schwarzen Gürtel angeben? Timo Feldmann, schwarzer Gürtel. Ha, ha, ha. Jeder Japaner weiß sofort, das ist wieder so ein verrückter Ausländer, der die japanischen Sitten nicht versteht und nur angeben will."

Olivias Mann drängte sich zu Timo und begrüßte ihn mit einem kräftigen Handschlag. „Ich freue mich, dich wieder zu sehen, Timo. Was macht die Japanischschule und dein Judo", begann er in seiner Fistelstimme. „Und wie ist das Leben in Japan? Olivia meinte, du hast dich schon sehr gut eingelebt und kommst gut zurecht."

„Danke, Herr Braun, es geht schon ganz gut. Es macht mir viel Spaß in Japan." Timo zwinkerte zu Olivia, die neben ihrem Mann stand. Sie lächelte zurück und spitzte die Lippen wie zu einem Kuss. „Ich habe seit unserem letzten Treffen sehr viel Aufregendes in Tokio erlebt", bemerkte Timo frech und fühlte seine Erregung.

„Das freut mich für dich! Olivia meinte neulich, du machst gute Fortschritte." Herr Braun legte den Arm auf Timos Schulter. „Sie ist ein richtiger Fan von dir geworden und schwärmt von deinen Techniken." Wenn der wüsste, welche Techniken, grinste Timo in sich hinein und seine Erregung steigerte sich.

„Ihre Frau ist auch stets nett zu mir." Timo erschrak selbst über diesen Satz, den er am liebsten wieder zurückgeholt hätte. Aber Herr Browns Augen wanderten bereits über seine Gäste, und er hatte wohl nicht zugehört.

„Timo, habe Spaß, iss und trink", und damit zog er seine Frau mit einem freundlichen „und bis nachher!" zu den anderen Gästen.

„Bis gleich, Timo", beeilte sich Olivia zu sagen, und dabei lächelte sie ihren Geliebten listig an und spitzte erneut ihre Lippen zu einem Kuss.

Olivia war ständig mit Gästen beschäftigt. und Timo begann sich auf der Party zu langweilen. Gegessen hatte er genug und betrinken wollte er sich auf keinen Fall. Die paar Sessel zum Hinsetzen waren besetzt und vom Rumstehen taten ihm die Beine weh. Von den Anwesenden kannte er sonst keinen und so stahl er sich mit einem Glas Dom Perignon aus dem Zimmer, um das Apartment etwas zu erkunden.

In der Küche war der Cateringservice beschäftigt und als er ins Schlafzimmer kam, erinnerte er sich sofort an die geile Nacht mit Olivia hier im Ehebett. Mit einem Schwung ließ er sich auf das Bett fallen und wie letztes Mal versank er darin. Er wurde steif. Er hörte die Gespräche aus dem Wohnraum gedämpft, als hätte man über die Besucher eine dicke Decke gelegt. Die Erregung von eben war immer noch da. Sollte er? Aber wenn jemand reinkommt.

Weiter durch die Wohnung streifend, traf er auf eine nur angelehnte Tür und als er sie öffnete landete er im Arbeitszimmer von Olivias Mann. Timo schloss die Tür leise, nahm an dem übergroßen Schreibtisch Platz und zündete sich gemütlich eine Zigarette an, die er in einer silbernen Schatulle neben einem Aschenbecher fand. Die Stimmen der Gäste waren kaum mehr zu hören. Es war reine Eingebung und eine gehörige Portion Neugier, hier einmal zu wühlen, und er begann eine Schreibtischschublade nach der anderen vorsichtig zu öffnen und zu durchsuchen. Vor ihm entfaltete sich eine ihm bisher verborgene Welt der Banken und der Hochfinanz. Noch nie gehörte Worte wie Emittenten, Hedge-Fonds, Libor und Purchasing Power Parity, flogen ihm um die Ohren. Er stöberte in Informationen über die Schwächen und Stärken von Banken. Er fand Analysen und Informationen über deren Überschuldung, Unterfinanzierung. Sowie Berichte über große Unternehmen, ihre Verstrickungen untereinander, sowie Unterschlagungen. Bekannte Namen tauchten auf, wie JP Morgan oder Goldman Sachs.

Die Deutsche Bank mischte immer mit. Und dazu alles geil, wie es Timo fand, mit Strictly Confidential, streng vertraulich, überstempelt.

Für Timo war das alles faszinierender, als er es sich jemals vorgestellt hatte. Er nahm einen Schluck von dem Perignon und lehnte sich im Schreibtischsessel zurück, legte die Beine auf den Schreibtisch und schloss die Augen. Ob ich in diesem Bereich studieren sollte, Betriebswirtschaft, also BWL? Es sieht alles sehr interessant aus. Und super Geld kann man da auf jeden Fall machen. Timo fühlte sich zum ersten Mal als Geschäftsmann und malte sich aus, wie er mit Insiderinformationen auf dem Aktienmarkt Millionen abziehen könnte.

Zum Sinnieren war jedoch keine Zeit. Als er die Unterlagen eilig in die Schubladen zurücklegte, fiel ein dicker Umschlag auf den Fußboden. Für treue Dienste, stand darauf mit Bleistift notiert. *Für treue Dienste?* Was war wohl damit gemeint? Der Umschlag fühlte sich weich an, das Innere knisterte. Timo dachte sofort an etwas, was er gut gebrauchen könnte. Entschlossen riss er den Umschlag auf und tatsächlich enthielt er Geldscheine. Alles neue Hundert-Dollar-Noten. Er zählte durch, einen Schein nach dem anderen: Es waren fünftausendfünfhundert Dollar. Das waren zehntausend Mark! Timo rieb sich die Nasenwurzel, überlegte einen Augenblick, atmete durch und hatte sich entschieden. Der Umschlag war bereits aufgerissen, die Indiskretion nicht mehr zu verbergen und ohnehin war es Schwarzgeld, beruhigte er sich. Er schob die Scheine zurück in den Umschlag und den in seine Smokinginnentasche. Er stand auf und fühlte sein Herz, wie es gegen den Umschlag pochte.

Man muss mitnehmen, was sich einem bietet. So tickt die Welt nun mal, versicherte er sich. Und Olivias Mann zu bestehlen fand er cool.

Zehntausend Mark!

Er hatte, wie die großen Banker, ordentlich abgesahnt. Ihm wurde schwindlig. Er musste sich wieder hinsetzen und einen Augenblick ausruhen. Er schwitzte. Nach ein paar Minuten erhob er sich, leerte den Aschenbecher mit der Kippe in einen Pflanzenkübel aus, häufte Erde darüber und nahm einen ordentlichen Schluck vom Dom Perignon. Er blickte noch einmal zum Schreibtisch, bevor er das Arbeitszimmer mit dem Rest vom Dom Perignon verließ. Alles war wie vorher. Das war der größte Coup in seinem bisherigen Leben.

Als er das Wohnzimmer wieder betrat, flatterten ihm die Nerven. Der Chef der Bank von Japan hielt gerade eine Rede. Timo beruhigte sich allmählich mit dem Cognac. Alle Gäste standen mit ihren halbvollen Gläsern Spalier und hörten zu.

„Ey Timo, wo warst du denn, ich habe dich überall gesucht. Los, machen wir schnell, ich bin total geil", flüsterte Olivia. Sie nahm ihn an die Hand und zog ihn ins Schlafzimmer. Sie hielt ihn fest umschlungen, es gefiel ihr, seine kräftigen Arme und Schultern zu spüren. Während der Chef der Bank von Japan im ungewohnten Englisch eine Rede versuchte, raffte Olivia nur einige Meter entfernt ihr Kleid hoch und schob ihr rosa Höschen herunter, bis es auf dem Boden landete. Sie beugte sich über das Bett und streckte Timo in gewohnter Manier ihren Po entgegen. Der nahm die Einladung nur zu gerne an.

Nach zehn Minuten gingen sie in die Toilette, machten sich frisch und mengten sich wieder unter die Gäste, als wäre nichts gewesen. Nur das rosa Höschen trug Olivia nicht mehr.

Von solchen Quickies hatte Timo schon oft gehört, nun hatte er einen erlebt. Er war im Freudentaumel, ohne Drogen im Blut hatte es ihn ins Nirvana verweht. Geld und Sex, Sex und Geld. Er trank weiter, bis er nicht mehr stehen konnte, gegen eine Stehlampe torkelte und sie umwarf. Olivia musste ihm ein Taxi bestellen. Das war jetzt sein Leben.

Als Timo kurz vor Mitternacht sturzbetrunken mit dem Taxi und im Smoking, mit Rüschenhemd, einem bunten Seidentuch um den Hals und in Lackschuhen im Studentenwohnheim auftauchte, ging es zu, wie im Bienenstock. Alle neun Bewohner wurden wach, umschwirrten ihn wie die Bienen ihre Königin und wollten wissen, was denn nun mit dem armen Judostudenten los war.

Alle sprachen durcheinander und Kenji flötete: „Der Timo ist bestimmt ein europäischer Prinz und lebt hier im Heim inkognito. Das habe ich mir schon die ganze Zeit gedacht." Timo hielt sich mal an dem einen, mal an dem anderen fest. Der Gang in seinen Raum war ein einziger Hindernislauf. In der Tür seines Zimmers drehte er sich zu den Studenten.

„Nun, ich habe heute bei einer kleinen Party Herrn Yasuo Matsushita getroffen", stellte er mit einem Rülpsen im Abgang klar. „Und wenn ihr nicht wisst, wer das ist, dann sag ich es euch. Das ist der Präsident der Bank von Japan. Wir haben uns die Hand geschüttelt. Und ja, er ist ein wirklich netter Typ. Vielleicht treffen wir uns mal wieder auf einen Whisky, hat er mich gefragt."

Timo war glücklich.

Olivia ist nicht mehr da

Als Timo Tage später morgens zur Japanischschule kam, war seine Welt noch in Ordnung. Taemin war im Zimmer des Schulleiters und Ayumi begrüßte ihn mit einem „Guten Morgen!“ sowie einem süßen Lächeln. Zum ersten Mal kam es ihm vor, als ähnelte sie Franzi. Ja, es waren bestimmt die Augen, die etwas kurzsichtigen Augen, die nicht ihr Ziel fanden. In Gedanken versunken hätte Timo fast vergessen, ihre Begrüßung zu erwidern.

„Hallo, Ayumi. Wie geht es dir? Ich komm nur mal schnell rein, weil ich etwas mit Taemin zu besprechen habe, wo steckt er denn? Ist er noch nicht da?“ Timo ging zu Taemins Schreibtisch und setzte sich auf dessen Stuhl.

„Er ist beim Schulleiter. Ich denke er kommt gleich wieder. Inzwischen bringe ich Ihnen Tee.“ Damit huschte Ayumi in die Teeküche. Heute wollte Taemin den Ort für ihren nächsten Überfall besprechen. Die Karte von Groß-Tokio lag bereit, sowie ein Rotstift. Nur Taemin war nicht an seinem Platz. Dass der Kerl alles so offen rumliegen lässt. Das wäre mir voll peinlich. Wenn das mal jemand mitkriegt. Ayumi vielleicht. Taemin ist doch sonst immer so vorsichtig, wunderte er sich.

Timos Gedanken wanderten zu Olivia. Etwas Großes war geplant. Sie wollte mit ihm eine Woche nach Okinawa fliegen, zur Ishigaki-Insel.

Eine Luxusreise mit allem Drum und Dran und er würde sich wie ein millionenschwerer Prinz aus Abu-Dhabi fühlen. „Opi ist für eine Woche in Washington, also machen wir's uns gemütlich", hatte sie mit Schadenfreude gesagt, und Timo war sofort begeistert gewesen. Seitdem fieberte er dem Abenteuer entgegen. Für den Ausflug hatte er sich von seinem Kumpel einen Vorschuss geben lassen, um vor Olivia angeben zu können. Die nächsten Male würde er umsonst arbeiten müssen. Den Umschlag mit den Dollars hatte er Taemin verschwiegen. Die gehörten ihm allein.

Ayumi stellte den Teebecher vor Timo auf Taemins Schreibtisch. „Sie und Taemin sind richtig Freunde geworden, scheint mir. Freundschaft ist eine feine Sache, besonders wenn sie über Kontinente reicht." Timo spürte, dass Ayumi dabei nicht an Taemin dachte, denn sie mochte ihn nicht. Dachte sie an ihn? Timo nickte und als er nichts weiter antwortete, ging sie zurück zu ihrem Schreibtisch. Als Taemin immer noch nicht zurückkam, nahm Timo wie selbstverständlich, den Hörer von dessen Telefon und wählte die Nummer von Olivias Wohnung, weil sie sich schon einige Tage nicht mehr gesehen hatten und er wissen wollte, wann nun genau die Reise losging. Um diese Zeit war ihr Mann sicherlich bei der Arbeit. Also kein Problem. Er bekam nur die Haushilfe Hiroko an den Apparat.

„Frau Braun ist nicht mehr hier. Sie ist vor ein paar Tagen nach Seattle abgereist."

„Was? Nach Seattle?" Timo war es, als ob Zwerge in seinem Magen Holz hackten. Er konnte nicht alles verstehen, denn Hiroko sprach zu schnell und zu aufgeregt.

Er reichte den Hörer Taemin zum Dolmetschen, der in diesem Augenblick hereingestürzt kam. Das Signal zur ersten Stunde ertönte, aber das war jetzt wichtiger.

„Was ist genau mit Olivia los?“, fragte er Taemin. Er brauchte einen Übersetzer. Taemin nahm den Hörer an sich und lauschte dem, was Hiroko sprach und grinste die ganze Zeit, bis er den Hörer auflegte.

„Also Timo, deine schnucklige Olivia is' zurück nach Seattle und kommt nich' wieder. Hat Trouble mit ihrem Mann. Na, ich glaub' eher, er mit ihr. Es gab Stunk wegen eurer Fickfreundschaft, das hat ihr Alter irgendwie rausbekommen. Bad Luck!“ Taemin grinste seinen Kumpel frech an. „Jedenfalls hat das die Hiroko bei dem Streit und dem Geschrei zwischen den beiden mitbekommen. Und irgendein Umschlag aus'm Schreibtisch von ihrem Mann fehlt und sein Konto ist so ziemlich leergeräumt.“ Ayumi schaute von ihrem Schreibtisch auf. Timo erbleichte. „Die Haushilfe hat keine E-Mail-Adresse un' nix. Sie darf nix sag'n.“ Wieder das breite Grinsen. Timo drängte seinen Freund beiseite und jagte vom Bürocomputer eine Mail an Olivias private Adresse. Nach bangem Warten kam die Nachricht, die Adresse gäbe es nicht mehr. Timo starrte auf den Bildschirm. Das Tor zum Paradies war verriegelt. Er schloss die Augen. Wie eine Fata Morgana war ihre Reise nach Okinawa und alles andere im trostlosen Wüstensand versunken. Ob sie schwanger geworden war, fragte er sich unvermittelt, und deswegen weggebracht wurde? Zum Abtreiben? Timo begann zu rechnen. Gemacht haben wir es ja einige Male. Bin ich Vater geworden, mit neunzehn, durchfuhr es ihn eiskalt.

Aber solange waren wir ja noch gar nicht zusammen. Sie nahm doch die Pille, hatte sie ihm gesagt.

„Verfluchte Scheiße!", entfuhr es ihm. „Ich muss sofort zu ihrem Apartment nach Hiroo und mit Hiroko sprechen."

„Ich komme mit", rief Taemin. „Vielleicht könn' wir aus der was herausbekommen, wenn wir ihr gegenüberstehen."

„Mann, habe ich mich auf Ishigaki gefreut." Aber er dachte an etwas Anderes. Timo war immer noch am Rechnen. Weil Taemin seine Sekretärin Ayumi inzwischen zum Zigarettenholen geschickt hatte, damit sie nicht alles mitbekam und sie noch nicht zurück war, stellte er ein Schild auf den Tresen: Im Augenblick nicht anwesend, bitte warten.

Die beiden rasten mit einem Taxi zu Olivias Apartment. Da die Haustür wie immer verschlossen war, hätten sie nur über die Sprechanlage mit der Haushilfe Hiroko Kontakt aufnehmen können, doch das brachte nichts, fürchtete Timo. Also mussten sie warten, bis jemand hineinging oder herauskam. Nach zwei Zigarettenlängen und ärgerlichem Gespucke von beiden kam eine ältere Dame mit dem Taxi. Timo erkannte sie. Er hatte sie auf der ersten Party getroffen, ihr Mann arbeitete bei Merck. Er begrüßte sie höflich und nahm ihr sofort die Tragetüte vom Takahashima-Kaufhaus ab.

„Darf ich Ihnen helfen?" Sie erkannte ihn und lächelte.

„Bist du nicht der junge Mann, der Judo praktiziert? Willst du zu den Browns?"

Timo nickte. „Herr Braun hat uns beide eingeladen. Ich komme heute mit einem Freund."

Sie entriegelte die Haustür mit ihrer Karte und nahm die beiden mit vorbei an der Concierge zum Fahrstuhl. Sie fuhr bis zum zehnten, die Jungs bis zum vierzehnten Stockwerk.

Als das Hausmädchen nach dem Klingeln die Türe öffnete, bekam sie einen Schreck. Timo kannte sie von der letzten Party als Herrn Feldmann, Taemin, der sie grimmig ansah, nicht. Timo drängte sich sofort in die Wohnung und sein Kumpel ließ, wie bei den Überfällen, sein Butterfly-Messer durch die Luft schwirren, hielt es Hiroko vor die Augen, hob drohend das Kinn und verlangte zu wissen, wo Olivia sei. Das verschüchterte Mädchen konnte keinen Ton herausbringen und blickte hilfesuchend zu Timo.

„Hey, lass das, Taemin! Das ist doch heute kein Überfall."

Er bereute, ihn mitgenommen zu haben. Wieso musste der Kerl dauernd mit dem Scheißmesser rumfuchteln? „Bitte Hiroko, erzähl mir, was mit Olivia los ist und wie ich sie erreichen kann, bitte." Er legte seine Hand auf ihre Schulter und versuchte es auf die sanfte Art und lächelte sie aufmunternd an, doch sie schüttelte wieder und wieder nur den Kopf.

„Herr Feldmann, ich weiß wirklich nichts. Es ging alles so schnell und Herr Brown schrie nur die ganze Zeit herum, du Lügnerin, du Betrügerin. Es ist aus mit uns! Ich konnte mit seiner Frau nicht mehr sprechen."

Sie zitterte und Tränen erschienen in ihren Augen. Wahrscheinlich wusste sie wirklich nicht, was mit Olivia los war.

„Frag du, Taemin, aber höflich und lass sie zufrieden. Pass nur auf, dass sie keinen Unsinn macht und telefoniert oder so. Ich muss genau wissen, warum sie weggehen musste." Taemin stieß Hiroko in eine Zimmerecke und begann sie auszufragen, aber sie kannte nicht den genauen Grund für Olivias überstürzte Abreise. Sie sprach immer nur von dem Streit der Eheleute und über Geld, das aus Herrn Brauns Zimmer verschwunden war.

Timo setzte sich im Wohnzimmer in einen Sessel, streckte sich und stieß mit seinen schmutzigen Sneakers ärgerlich den mit feiner chinesischer Intarsienarbeit verzierten Beistelltisch um, der ihm im Wege stand. Er nahm sich viel Zeit, eine Zigarette anzuzünden und überlegte. Von welcher Seite er die Sache auch betrachtete, das Resultat war immer das gleiche: Auch wenn er nicht aufgeflogen war, ohne Olivia – aus der Traum! Ohne sie gab es kein Leben bei den oberen Zehntausend, das wusste er. Und kein Essen in Restaurants, wo es Speisekarten ohne Preise gab. Keine Übernachtungen in sauteuren Hotels. Keine aufregenden Bars mehr. Er ließ sich kraftlos in einen Sessel fallen. Und auch kein Taschengeld, an das er sich inzwischen gewöhnt hatte, wie vor kurzem nach ihrem Kinobesuch.

Abrupt richtete er sich auf und ging zu Hiroko, die sich nicht weggerührt hatte. „Wann kommt Herr Brown?", wollte er wissen. Dabei stotterte er mehr, als dass er sprach.

„Ich glaube, Herr Feldmann, er ist jetzt in seinem Büro in Tokio. Er kommt heute vielleicht so gegen sechs Uhr zurück. Morgen wollte er nach Osaka fliegen."

Hiroko hatte den ersten Schreck überwunden und ihre Stimme klang fast normal.

Taemin schaute Timo fragend an. Wollte sein Kumpel von Olivias Mann etwa wissen, wo seine heimliche Liebschaft steckte? Oder hatte er im Sinn, ihn mit einer seiner Judotechniken aus Wut über den erzwungenen Fortgang von Olivia in die Mangel zu nehmen? Er selbst würde sich auf jeden Fall zurückhalten, das hier war nicht seine Sache, aber es könnte interessant werden, sehr interessant, kicherte er in sich hinein.

Timo ging zur Hausbar, füllte sich einen Bowmore Single Malt so lange in eines der Kristallgläser, bis es überlief. Erst dann hörte er auf, ließ die Flasche fast auf die Tischplatte fallen und nahm das Glas in die Hand. Er überlegte, während er trank ohne abzusetzen, aber er wusste nicht weiter. Sein Blick ging zu Taemin.

Er hob das Glas und rief: „Hey Taemin, nimm dir, was du willst, der teuerste Whisky ist der hier oben. Single Malt, einundzwanzig Jahre in Eichenfässern gereift. Oder nimm einen Remy Martin, von dem kostet ein Schluck mehr, als du im Monat in deiner elenden Sprachschule verdienst. An so etwas Gutes kommen wir nie wieder ran."

Taemin schlenderte näher und begann den Inhalt der Bar zu inspizieren. Er staunte laut, „nicht schlecht, was es hier so alles gibt", nahm sich ein Glas und probierte ebenfalls von dem Bowmore Single Malt. Hiroko sah verängstigt von einem zum anderen und rührte sich nicht von der Stelle. So kannte sie Herrn Feldmann nicht. Der war immer so höflich und still gewesen.

Taemin hatte sich inzwischen in einen Sessel fallen lassen und schaute sich immer noch in dem für ihn riesigen Zimmer um, das ihm wie ein Museum vorkam. Er konnte es gar nicht fassen, dass es so etwas gab.

Timo hatte keinesfalls die Absicht, Mr. Brown nach Olivia zu fragen. Er wollte nur die letzte Zeit des süßen Lebens bis zur Neige auskosten. Zehn Minuten, noch eine Stunde. Oder bis zum Limit, bis Herr Brown kam und sie unter großem Theater rausschmeißen würde.

„Wenn Sie auf Herrn Brown warten möchten, darf ich Ihnen ein paar Sandwiches zubereiten?", fragte Hiroko zaghaft, um die Situation zu entschärfen. Sie hatte beobachtet, wie Timo sich bei der Party gerne davon bedient hatte. Timo blickte zu seinem Kumpel, der nickte.

„Ja, mache das!" Timo hatte das Whiskyglas bereits halb geleert. Taemin begann, sich quer durch die Bar zu trinken. Er staunte laut, was es da so alles gab, öffnete mit Gewalt auch noch geschlossene Flaschen, setzte sie an seine Lippen und probierte. Mit den Marlboro-Zigaretten, die sie auf der Bar fanden, rauchten die beiden allmählich das Zimmer zu.

„Hiroko, bring uns Champagner zu den Sandwiches", rief er einer Eingebung folgend. „Ich will mit meinem Kumpel anstoßen. Los, mach", stieß er hervor. „Wir sind Mr. Brauns Gäste, also tu, was ich dir sage." Hiroko brachte zitternd aus der Küche auf einem silbernen Tablett eine Flasche mit zwei Sektflöten und stellte alles vor Timo ab. Der schüttelte die Flasche wie ein Barmixer, zielte mit dem Korken und schoss ihn gegen den Picasso.

Danach spritzte er wie ein Tour-de-France-Gewinner mit dem Champagner quer durchs Zimmer, trank aus der Flasche, rülpste furchtbar und reichte sie an seinen Kumpel weiter.

„Auf das abgefuckte Leben, das endgültig vorbei ist!“, brüllte Timo auf einmal los. Hiroko hielt sich bestürzt die Hände über die Ohren. Sein Kumpel nahm einen kräftigen Schluck, schüttelte die Champagnerflasche und spritzte Timo ins Gesicht, bis der die Flasche eroberte und den Rest über Taemins Haare ausleerte. Die leere Flasche segelte quer durch den Raum in eine Ecke.

„Hiroko, bring noch eine Flasche, sind ja genug da, das weiß ich“, grölte er. Nach einem Moment fuhr er mit weicher Stimme fort: “Und komm, Hiroko, du kannst gerne mittrinken, wir sind alles nur arme Schweine.“ Timo lachte schief. „Ich feiere heute meine Abschiedsparty von Olivia! Hol dir ein Glas, damit wir anstoßen können und leiste uns Gesellschaft.“

Damals, ganz am Anfang, in der Bar mit den halbnackten Männern, hatte Olivia ebenfalls eine Flasche Champagner nach der anderen bestellt. So wollte er jetzt den Abschied von ihr feiern. Als Hiroko mit der neuen Flasche ängstlich aus der Küche kam, riss er sie ihr aus den Händen, ließ den Korken schießen, egal wohin; zielen konnte er kaum noch und zum Rumspritzen hatte er keine Lust. Er schüttete für Hiroko eines der Gläser voll, das sie vorher für die beiden mitgebracht hatte. Als er es ihr reichte, hielt Hiroko die Hände abwehrend hoch.

„Nein danke, Herr Feldmann, ich möchte nicht trinken und Sie sollten besser auch nicht mehr.“ Er musste wieder rülpsen. Hiroko schaute ihn erschrocken an.

„Hast die kleine schon mal gefickt?“, fragte Taemin mit einem dreckigen Grinsen. „Sieht ja ganz süß aus in ihrer weißen Schürze.“

„Halt deine Fresse.“ Timo blickte seinen Freund zornig an. „Bitte Hiroko, trink mit uns, mein Freund macht nur Spaß. Du brauchst keine Angst vor uns zu haben.“

„Herr Feldmann, Sie haben schon genug. Bitte gehen Sie beide nach Hause! Wenn Herr Brown kommt, wird er sicherlich sehr ärgerlich sein über das alles hier.“ Ihre Stimme war weinerlich aber fest. „Vielleicht ruft er sogar die Polizei.“

Timo lachte ihr ins Gesicht. „Ich glaube nicht, dass er das macht. Der will bestimmt keinen Skandal. Schüler fickt die Frau vom Bankdirektor, als dicke Überschrift in allen lokalen Tageszeitungen. Und darunter sein Bild, Name, Alter und Name der Bank.“

„Das ist doch nichts, worauf Sie stolz sein können“, wandte Hiroko ein. „Was soll Herr Braun von Ihnen denken.“

„Soll er doch von mir denken, was er will. Das ist mir scheiß egal.“ Timo war zornig geworden. „Und dass ich seine Olivia gefickt habe, sage ich ihm offen ins Gesicht. Und dass es geil war, seine Frau im Ehebett zu ficken. Und was Olivia alles Nettes über ihn gesagt hat, das bekommt er von mir voll in seine Fresse geschmiert.“

Timo taumelte durch das Zimmer, stieß dabei einen der Sessel um, kletterte auf einen anderen und verkündete: „Wir hauen ab, Taemin! Alles ist aus, es ist zu Ende, Fini. Sayonara. Nimm uns aus der Bar was zu trinken mit, für unsere Party danach.“

Timo schwankte hin und her und wäre beinahe vom Sessel gefallen. Nach einer Weile spuckte er aus, wie es Teamin immer machte, kletterte herunter und schmiss mit all der Wut und Enttäuschung, die sich in ihm angesammelt hatte und der er sich entledigen musste, eine der Flaschen aus der Hausbar gegen die Zimmerwand. Es knallte furchtbar, die Tapete verfärbte sich augenblicklich dunkelbraun. Das Papier riss entzwei und Mörtel rieselte auf den Boden.

Unumkehrbar

Eine Woche nachdem sich Timo endlich mit Olivias plötzlichem Verschwinden abgefunden hatte und er sich wieder mehr auf Judo und den Erwerb des schwarzen Gürtels konzentrierte, hatte er eine Unterredung mit Taemin im Coffee-Shop in der Nähe der Sprachschule. Die teure Olivia war nicht mehr in Japan und von den fünftausendfünfhundert Dollar hatte er seinem Kumpel immer noch nichts erzählt. Er brauchte die extra Yen daher nicht mehr. Bei ihrem letzten Fischzug hatten sie nur schlappe fünftausend Yen gemacht, wofür zwei Leute herhalten mussten. Beweise seiner Fähigkeiten hatte er inzwischen schwarz auf weiß. Was wollte er mehr?

„Ich glaube, wir sollten mit den Überfällen bald aufhören, die bringen in letzter Zeit ja fast nichts mehr", begann Timo vorsichtig und dabei machte er ein ernstes Gesicht. „Für so ein paar Kröten dauernd Leute zu überfallen, lohnt sich nicht. Das ist doch nur was für Schulkids, die sich ihr Taschengeld aufbessern wollen." Sein Kumpel war da ganz anderer Ansicht.

„Das läuft doch alles wie geschmiert. So einfach, wie das Kuppeln eines Autos, wenn man es erst einmal gelernt hat", grinste Taemin. „Schließlich gab es auch super gute Tage, hast das schon vergessen? Ist halt mal ne Flaute im Augenblick. Und Staubkörner aufgehäuft ergeben auch einen Berg", stellte Taemin in Anlehnung an ein japanisches Sprichwort ärgerlich fest.

„Darüber hinaus scheint es dir Spaß gemacht zu haben, deine speziellen Judotechniken an den Leuten auszuprobieren, obwohl ich davon nicht begeistert bin. Oder liege ich etwa falsch?" *Spaß gemacht* war für Timo nicht der richtige Ausdruck. Genugtuung hatte er gehabt, weil er die verbotenen Techniken mit gutem Erfolg ausprobiert hatte und die Leute sich nach seiner Attacke oft nicht mehr rührten. „Wir schlagen wieder zu", fuhr Taemin fort, „ich will's! Ich hab' ein Handyvertrag unterschrieben und ich brauch' Kohle. Du kannst nich' einfach Schluss machen. Wir sind Kumpels auf ewig! Das haben wir uns doch damals beim Cheongju geschworen, hast du das schon vergessen?"

„Nein, das nicht. Wir sind Kumpels, das stimmt schon." Zum ersten Mal hatte Timo ein ungutes Gefühl. Bisher war alles glatt gegangen, aber wie lange würde das noch gutgehen? Die Opfer hatten, wie von Taemin vorausgesagt, alle geschwiegen. Seine Geste, senkrechter Zeigefinger auf der Maske, wo seine Lippen sich schwach durchdrückten, und danach ein oder zwei feste Tritte in den Bauch oder in die Rippen, schweig lieber oder ... hatten ihre Wirkung nicht verfehlt.

„Und du, Timo, pass nur auf, dass du nicht doch mal einen aus Versehen killst." Taemin spuckte aus. „Wenn von dein Judotritten mal jemand abkratzt, haben wir die Bullen voll am Hals, und das ist absolute Scheiße. Dreimal standen wir schon in der Zeitung wegen dir. So 'ne Publicity is' scheiße für unser Geschäft. Es ist nur gut, dass wir immer Masken und Handschuhe trag'n. Pass nur auf und halt dich das nächste Mal bisschen zurück."

Nach einer kurzen Pause fuhr er mit einem teuflischen Grinsen höhnisch fort: „Mir wär's eigentlich schnurzegal, ob du dabei mal ein' killst, ist ja deine Sache. Aber ich will nich wegen dir im Knast landen." Timo erschrak über diese Worte.

„Du, Taemin, es geht mir doch nicht ums Töten. Nein, das will ich nicht. Ich bin doch kein elender Mörder. Du musst verstehen, es geht mir allein darum, zu erkennen, ob meine Tritte und Schläge wirklich die Wirkung zeigen, die sie sollen. Also, ob ich einen Mann für eine Zeit total kampfunfähig machen kann. Das ist alles. Wie soll ich denn sonst die Wirkung feststellen, wenn ich nicht voll zuschlage? Und das habe ich gemacht und es hat geklappt. Damit bin ich zufrieden und die Polizei hat nichts mitbekommen. Es war perfekt!"

Eine Zeitung hatte berichtet, dass bei einem Überfall, es wurde auch im Artikel das Wort Oyaji-Gari benutzt, der Mann so stark verletzt worden war, dass er mindestens zwei Wochen im Krankenhaus behandelt werden musste. Er war vierundfünfzig Jahre alt, Büroangestellter, verheiratet, drei Kinder. An den oder die Täter, hieß es, konnte er sich nicht erinnern, nur dass sie chinesische Kapuzenjacken anhatten.

Timo hatte damals beim Zeitungslesen überlegt, welche der verbotenen Techniken er bei dem Mann angewandt hatte. Mit dem Ellbogen hatte er einen Stoß zum Solarplexus ausgeführt. Vor dem Zustoßen hatte er die Hand so gehalten, dass die Handfläche korrekt nach oben zeigte; Daumen und Finger waren ausgestreckt und der Unterarm war horizontal zum Boden. Ein perfekter Schlag!

Damals hatte Timo die Seite aus der Zeitung herausgerissen und sie als Beweis behalten, dass er einen Gegner kampfunfähig schlagen konnte. Zwei weitere Zeitungsseiten konnte er noch seiner Sammlung hinzufügen, und er wusste nun, dass er die verbotenen Techniken beherrschte, wie vielleicht kein anderer auf der Welt. Eines seiner Opfer mit einem einzigen Schlag ins Jenseits zu befördern hätte ihn schon gereizt, aber davor hatte er sich gefürchtet. Was wäre wohl geworden, wenn ich damals noch kräftiger zugestoßen hätte, überlegte er. Ob er dann noch einen Krankenwagen gebraucht hätte? Oder gleich den schwarzen Wagen? Er hätte einen Beweis seiner Fähigkeiten in der Zeitung gehabt. Verletzungen würden schließlich ausheilen, aber Tod war unumkehrbar. Timo wollte nicht weiterdenken, ihm wurde schwindlig.

Taemin schaute ihn gereizt an. „Willste denn keine Kohle mehr oder was is los mit dir? So kenn ich dich doch gar nicht."

„Doch klar, Taemin" und dabei schlug er seinem Freund auf den Rücken. „Also okay, meinetwegen machen wir weiter. Wann geht's los?" Timo rieb sein Ohrläppchen. „Ich mache auf jeden Fall noch so lange mit, bis ich nach Deutschland zurückkehre. Das ist so in zwei Wochen, sobald ich den schwarzen Gürtel habe. Das verspreche ich dir bei unserer Freundschaft." Geld konnte er ja immer gebrauchen und seinen Dollarschatz wollte er erst einmal nicht anrühren. Was ihn betrübte, Ayumi hatte eine kürzliche Einladung zum Steakessen abgeschlagen. Warum nur? Er hätte so gerne etwas vor ihr angegeben. Er mochte sie.

Die nächsten Überfälle plante Taemin für den übernächsten Tag weit außerhalb von Tokio, in Yokosuka. Dort waren sie noch nie gewesen. Für Timo war es eine ewig lange Anfahrt mit dem Zug und mit Umsteigen. Bei der Fahrt dorthin überlegte er sich die Schläge, die er zum Schluss seiner *Trainingszeit* ausführen könnte, auf jeden Fall noch einmal einen gegen den Solarplexus. Er hoffte sehr, dass wieder in der Zeitung darüber berichtet wird. Es ging ihm allein um die Technik und deren Wirkung. Zum Abschluss noch einmal einen Beweis darüber zu haben was ich kann, das wäre nicht schlecht.

Das Treffen am Bahnhof Yokosuka war wortlos wie immer, und sie taten so, als kannten sie sich nicht und liefen mit gehörigem Abstand hintereinander her. Taemin hatte die Kawasaki bereits am *Arbeitsplatz* abgestellt. Es dauerte eine Weile, bis sie an einen schlecht beleuchteten Park kamen. Dort duckten sie sich hinter die Büsche.

„Wir sind da. Los, machen wir uns fertig, Timo! Es ist schon spät."

Nachdem sie ihre Tigerjacken nach außen gewendet hatten, lief alles planmäßig. Ein Mann kam auf dem Parkweg geradewegs auf sie zu. Taemin wartete, bis er nur noch einen Meter von ihnen entfernt war und auf sein „Los!" sprangen sie ihr Opfer an. Timo streckte ihn mit einem Stoß seines Knies in die Genitalien nieder. Der Mann wand sich vor Schmerzen. Das Ausrauben besorgte wie immer Taemin. Zum Schluss sein Ritual: Er beugte sich über ihr Opfer, legte seinen Zeigefinger auf die Lippen, die durch die Maske zu erahnen waren und boxte ihn heftig links und rechts in die Seite.

Der Mann stöhnte. Sie hatten wieder in Minuten einen perfekten Überfall verübt und klatschten sich ab.

Ein zweites Opfer ging nur kurze Zeit später durch einen kräftigen Schlag in den Solarplexus zu Boden, nachdem sie auf die andere Seite des Parks gewechselt waren. Der Schlag war perfekt platziert und ausgeführt. Timos untrainierter Gegner hatte keine Chance, ihm auszuweichen. Timo war mit seiner Arbeit sehr zufrieden, er hatte geschafft, was er wollte. Er war gespannt auf den Zeitungsartikel und die Wirkung seines Schlages. Locker zündete er sich eine Zigarette an und sah zu, wie Taemin sich auf dessen Brustkorb hockte und Jacken und Hosen filzte.

In fünfzehn Minuten war alles vorbei, aber ihre Beute war auch an diesem Abend kläglich. Taemin fluchte, „der Hurensohn hat ja nur fünfhundert Yen bei sich", und ließ seinen Frust an dem am Boden liegenden Mann aus. „Will der uns verarschen?" Er trat ihm immer wieder heftig in die Seite. „Wegen dem haben wir heut' Abend fast nix gemacht, also den nächsten!", schrie Taemin und seine Stimme überschlug sich und er spuckte seinen Ärger mehrere Male auf den Mann.

„Verschieben wir es doch auf nächstes Mal, heute schein' wir kein Glück zu haben", gab Timo zu bedenken. Er hatte den perfekten Treffer gelandet, wie er sich vorgenommen hatte und Taemins Ritual war nicht mehr notwendig gewesen, denn der Mann lag röchelnd auf dem Boden, ohne sich zu rühren. Timo war mit sich und der Welt zufrieden. Ein Bericht in der Zeitung war ihm sicher.

„Nein Timo, einer muss noch dran glauben."

Sie ließen ihn liegen und fuhren eilig, wie sie waren, zu einer Grünanlage, die sie vorher schweigend passiert hatten. Taemin stellte das Motorrad ab, und sie setzten sich auf eine Steintreppe, die hinauf zu einer Rasenfläche mit einem Spielplatz führte, rauchten und warteten mit dem halben Mond am Himmel als Beleuchtung.

Taemin fing wieder an: „Mit so einer Pleite hören wir heute nicht auf. Zum Abschluss", und das Wort Abschluss betonte er so wie eine Frage, „müssen wir wenigstens fünfzigtausend Yen machen."

Timo antwortete nicht. Es war schon recht spät und noch ein Zug kam nicht mehr aus Richtung Tokio, hoffte er.

Als sie schon aufgeben wollten, näherte sich ihnen eine große Gestalt, größer als Timo, von Taemin gar nicht zu reden. Er summte vor sich hin, und dass er angetrunken war, erkannten sie an seinem Gang.

„Mann, haben wir noch einmal Glück gehabt", raunte Taemin, „das perfekte Opfer! Den nehmen wir aus. Los, mach dich fertig!" Auf sein Zeichen sprangen die Hungry Tigers auf den Mann. Timo riss ihr Opfer zu sich, um seinen Ellbogen in dessen Solarplexus zu bohren. Ehe noch der Schlag die Brust berührte, ergriff der Mann Timos Jacke, drehte sich geschickt nach links und versuchte ihn aus dem Gleichgewicht zu hebeln und auf den Boden zu werfen.

Der Kerl war ein Judoka! Timo schrak zusammen, fing sich sofort und konnte sein Glück gar nicht fassen, endlich mit einem Judoka kämpfen zu können. Auf Leben und Tod?

Welche der verbotenen Techniken er anwenden würde, wusste er noch nicht, er würde vorsichtig an die Sache herangehen. Timo gab sein ursprüngliches Vorhaben auf, versuchte sich Distanz zu verschaffen und riss den Mann zur Seite. Dabei zog er seinen rechten Fuß durch Anwinkeln des Knies nach hinten und versuchte einen Beinwurf. Aber sein Gegenüber blieb standhaft, lockerte den Griff an Timos Jacke nicht und versuchte seinerseits, ihn auf den Boden zu werfen.

Taemin, der zurückgewichen war, erkannte, dass sein Kumpel die Situation nicht, wie gewohnt, unter Kontrolle hatte. Er war ratlos. Etwas lief schief. In Panik zog er sein Butterfly-Messer, ließ es durch die Luft surren und rammte es dem Mann in den Rücken. Einmal, zweimal. Der hielt abrupt in seiner Bewegung inne, ließ Timo los, verlor die Balance, drehte sich durch die Luft und landete mit einem deutlich hörbaren Knacks mit dem Hinterkopf auf der Steintreppe, die hinauf zum Spielplatz führte.

Der Mann lag auf dem Boden und starrte die beiden Jungs mit aufgerissenen Augen erschrocken an. Im selben Augenblick lächelte er. Es war, als ob ein Film abrupt gerissen wäre. So wie er gefallen war, blieb er bewegungslos mit verrutschtem Lächeln liegen. Alles stand mit einem Mal still.

Es dauerte einige Sekunden, bis ein feiner Streifen Blut langsam, wie unentschlossen, von seinem Hinterkopf auf die Treppenstufe rann. Das Blut wurde allmählich mehr und tropfte auf die darunterliegende Stufe, sammelte sich dort und schlängelte sich bis zum nächsten Treppenabsatz, tropfte auf die darunterliegende Stufe, sammelte sich wieder und rann langsam in den Sand des Gehweges.

Der Sand versuchte das Blut aufzusaugen, doch der dunkelrote Umriss wurde immer größer.

Vor Sekunden waren die beiden noch hungrige Tiger gewesen – aber in diesem Moment standen sie wie erstarrt vor Schreck da. Der Fremde war tot, daran gab es keinen Zweifel.

Timo hatte noch nie einen Toten gesehen und schon gar nicht einen, der lächelte. Kein panischer Fluchtimpuls ergriff ihn, er fühlte nichts. Dass der Mann tot war, nahm ihm alle Angst. Groteskerweise fiel ihm ein, dass sie einmal in der Schule ausgerechnet hatten, dass täglich auf der Welt ohne Krieg, Naturkatastrophen oder Ähnliches um die einhundertfünfundfünfzigtausend Menschen starben. Kommt auf tausend mehr oder weniger nicht an, meinte ihr Lehrer damals. Halt einer mehr oder weniger schon gar nicht, beruhigte Timo sich jetzt. Und hatte ihm sein Vater nicht immer eingeschärft, bereuen hilft nicht? Was geschehen ist, ist geschehen. Damit muss man fertig werden.

Timo schaute zu seinem Freund und murmelte: „Der ist hinüber."

„Ob der schon kalt is'?" Taemins Stimme war heiser.

„Quatsch, das geht nicht so schnell", murmelte Timo mit zerknautschter Stimme, die ihm beinahe weggebrochen wäre. „Aufstehen tut der garantiert nicht mehr. Los, hauen wir schnell ab, ehe noch jemand vorbeikommt. Wir können hier nichts mehr machen, der is weg."

„Nich' so schnell. Erst nehmen wir ihn aus. Wär' doch schade, ihn so liegen zu lassen. Der kann ja nix mehr erzählen."

Taemin riss seine Atemmaske vom Gesicht, kniete sich neben den Toten, durchsuchte eilig die Hosentaschen und nahm die Münzen heraus. Es waren viele und er steckte sie sich ein.

„Hör mit dem Blödsinn auf, der Mann ist tot.“ Timos Stimme zitterte vor Ärger. „Lass ihn in Ruhe!“ Doch Taemin kümmerte sich nicht darum. Er durchsuchte ungerührt das Jackett, hatte die Brieftasche in der Hand, fischte sich die Scheine heraus und schleuderte die Brieftasche in die Büsche. Hinter den Scheinen steckte ein Foto. Er starrte darauf. Schweigend reichte er es Timo. Zwei Mädchen in Schuluniform lächelten ihm entgegen, beide bestimmt noch unter zwölf.

Mist!“ Timos Stimme hatte keinen Ton. Es war für Sekunden still. Timo glaubte das Summen von Mücken zu hören. Taemin zuckte mit den Schultern, zerriss langsam das Foto und ließ die Fetzen auf den Boden segeln.

„Is' halt blöd gelaufen, kommt vor. Kann nich' mehr geändert werden. Der is nun mal hinüber, bad luck! Is' bloß scheiße wegen den Bullen, die jetz' rumschnüffeln werd'n.“

„Ja Taemin, du hast recht, das wollten wir nicht. Keiner von uns. Ist eben halt nur blöd gelaufen.“ Timo kämpfte mit seiner Stimme. So gelassen, wie er sich den Anschein gab, war er nicht. Es fühlte sich an, als wäre sein Magen ein unendliches Loch.

Taemin nickte, spuckte in Richtung des immer noch lächelnden Toten und durchkramte hastig die Aktentasche nach etwas Verwertbarem. Zu seiner freudigen Überraschung kam ein Handy zum Vorschein.

In der letzten Zeit hatten immer mehr Leute eines, und sie brachten einen guten Zusatzgewinn. Ein Tritt in die Rippen und die Warnung, lieber den Mund zu halten, war dieses Mal nicht notwendig, das war beiden klar. Als Taemin schon von ihm ablassen wollte, erblickte er eine glänzende Uhr am Handgelenk des Toten und zog sie eilig ab.

„Is 'ne Rolex, die bringt was und brauchen tut er die bestimmt nich' mehr." Er grinste dabei und durchsuchte noch alle übrigen Taschen. „Mal sehen, was er noch so bei sich hat." Er streute den Inhalt auf den Boden, fand allerdings nichts weiter, bis auf ein billiges Feuerzeug und einen silberglänzenden Kugelschreiber.

„Willst den?" Timo schüttelte den Kopf und sein Kumpel warf ihn in hohem Bogen weg und spuckte hinterher. „Sieht jetzt mehr nach einem Raubüberfall aus und nich' nach Oyaji-gari und die Bull'n such'n in eine verkehrte Richtung. Los, machen wir uns auf den Heimweg, heute gibt's doch nichts mehr zu holen. Das war bestimmt der letzte Zug aus Tokio." Unbehelligt schlichen sie zum Motorrad. Taemin entschied, dass sie heute ausnahmsweise zusammenbleiben sollten und fuhren langsam zurück in Richtung Tokio, bis sie an ein 24-Stunden-Restaurant kamen. Es war gut gefüllt mit jungen Leuten. Hier würden sie nicht auffallen. Sie bestellten sich Nudeln und Bier. Es kam keine Unterhaltung zustande, Timo war abwesend. Taemin versuchte, wie immer zu sein, aber seine Ausgelassenheit war auch nur aufgesetzt. Er legte das erbeutete Geld auf den Restauranttisch, strich die Scheine glatt, zählte und teilte ihren Raubzug auf.

Nur der letzte hatte was Ordentliches gebracht. Alles zusammen fast siebzigtausend Yen und dazu noch ein Handy und die Rolex Uhr.

„Gut, dass wir nach den beiden Ersten nich' gleich aufgehört und weitergemacht hab'n. Siehst' Timo, es hat also doch noch was gebracht. Man soll nie zu früh aufgeben. Und dazu haben wir noch die tolle Uhr. Wenn ich die verscherbeln kann, teilen wir. Die bringt sicher was. Nur Scheiße, dass der abgekratzt is'. Wir müssen jetzt leider erst mal ne Pause machen und uns unsichtbar machen, bis die Bullen sich beruhigt haben."

„Ob die beiden auf seine Rückkehr warten?" Timo unterbrach Taemins Redefluss und suchte dessen Augen.

„Wen meinst?", fragte Taemin mit einem überlegenen Lächeln. „Die beiden süßen Girls? Die sind bestimmt schon längst im Bett! Mann, vergiss die Kacke. War eben nicht unsre Schuld, dass der Scheißer umgekippt is'. Morgen lachen wir drüber und sind wieder gut drauf! Mitleid is' nur was für Schwächlinge. Nich' für uns Hungry Tigers. War halt ein Betriebsunfall, nix weiter. Morgen treffen wir uns, als wär' nichts geschehen, noch einmal in der Sprachschule. Danach ist es sicher besser, wenn wir uns erst einmal eine Zeitlang nicht mehr treffen. Ich überleg, mich bei Bekannten in Westjapan zu verstecken. Mit den Bullen ist nicht zu spaßen. Aber das könn wir morgen in der Schule besprechen."

Timo nickte wie abwesend.

Sie verabschiedeten sich stumm vor dem Restaurant. Das Hartgeld, das sie an dem Abend eingenommen hatten, reichte, um das Essen und noch zwei extra Biere zu bezahlen.

Taemin ließ den Motor der Ninja ordentlich aufheulen und knatterte davon und schaute immer wieder auf die Rolex am Handgelenk. Was die wohl einbringen wird?

Timo trottete zum nahegelegenen Bahnhof. Er kaufte sich am Automaten eine große Dose Bier, setzte sich auf den Fußboden und zog die Beine zu einem Dreieck dicht an die Brust, bis er sein jagendes Herz fühlen konnte. Jemand war heute Abend wegen ihnen gestorben, er hatte es nicht gewollt. Taemin auch nicht. Aber es war geschehen. Timo trank langsam. Etwas geschah mit ihm. und er begann zu schwitzen. Sein Körper war in Aufruhr. Er konnte sich in die beiden Mädchen hineinversetzten und begann Anteilnahme mit den beiden zu fühlen, die ab heute plötzlich ohne ihren Vater waren. Sie würden bestimmt die ganze Nacht weinen und ihren lieben Papa ein Leben lang vermissen. Und er, Timo Feldmann, war in die Sache verwickelt. Nein, nicht nur verwickelt, er hatte genauso Schuld an dem Geschehen, wie Taemin. Vielleicht sogar noch mehr. Das allerschlimmste war, der heutige Abend konnte nicht mehr ungeschehen gemacht werden. Nie mehr. Wie konnte er damit weiterleben?

Am Tag danach

Am Tag nach ihrem *Arbeitsunfall*, wie Taemin es leichthin nannte, trafen beide am Morgen auf dem Flur der Sprachschule aufeinander. Timo war immer noch vom Vortag benommen, er hatte nicht schlafen können. Alles war vollkommen aus dem Ruder gelaufen, denn der Tote, den sie beide auf dem Gewissen hatten, war unnötig gewesen. Das voreilige Eingreifen seines Kumpels hatte seinen Kampf mit einem gleichwertigen Gegner, zu seinem Bedauern, vorzeitig beendet. Der Schrecken, auf einen Judoka zu treffen, hatte ihn nur kurzzeitig aus dem Konzept gebracht. Timo war sich sicher, er hätte es schaffen können, ihn kampfunfähig zu schlagen. Das, was er sich immer gewünscht hatte, mit einem richtigen Judoka zu kämpfen, an einem gleichwertigen Gegner die verbotenen Techniken anzuwenden, hatte Taemin mit seinem Messerangriff zerstört. Aber wie er es auch drehte und wendete, sie hatten einen Menschen umgebracht.

„Mit so einem *Arbeitsunfall*, wie gestern, unsre so erfolgreiche Überfalllaufbahn abschließen“, zischte Taemin, „ist nur zu blöd.“ Taemins Gesicht wurde rot vor Wut. „Hättest du ihn wie abgesprochen mit einem Hüftwurf auf den Boden geworfen, dann wäre das alles nich’ passiert, und wir hätten noch ein paar ausnehmen können, ehe du nach Deutschland abhaust. Wir, die Hungry Tigers“, sagte er stolz.

„Er war ein Judoka, so einfach lässt sich keiner auf die Matte werfen. Es musste ganz einfach zu einem Kampf kommen. Er war groß und kräftig. Was ich mir gewünscht hatte, kein Schwächling."

„Ich dachte, du mit deinen unerlaubten Techniken, bist immer unüberwindlich," schoss Taemin zurück.

„Wenn du nicht immer mit deinem scheiß Messer…" Timo sprach nicht weiter und drängte ihn ins Büro, denn er hatte keine Lust, mit Taemin über gestern zu diskutieren. Dort müssten sie das Thema wechseln, denn dort saß Ayumi an ihrem Schreibtisch, und die könnte die Streiterei mitbekommen.

„Sieht voll geil aus, die Rolex", Timo sprach extra laut, als sie das Büro betraten. „Ist bloß blöd, dass alle denken, sie ist nicht echt, oder?" Taemin nahm sie vom Handgelenk und betrachtete die Uhr.

„Mir schnurzegal, was die denken. Du, ich glaub', die is' eine Million Yen wert oder noch mehr. Die is echt." Timo nahm die Uhr in die Hand. Also waren das etwa vierzehntausend Mark. Sie war ungewöhnlich schwer für eine Armbanduhr.

„Du Ayumi, komm mal kurz her und schau, was Taemin für eine tolle Uhr hat!" Die Sekretärin kam zu ihnen und er reichte ihr die Uhr. Zum ersten Mal berührten sich dabei ihre Hände. Wie weich ihre Finger sind, dachte er. Wie weich wohl ihre Haut ist?

„Diese Uhr ist wirklich schön und bestimmt sehr teuer", stotterte sie verlegen. Taemin grinste.

„Und wie! Ich denke, das ist garantiert 'ne echte Rolex", erklärte er stolz. „Rat mal, was die kostet." Ayumi blickte ihn verlegen an und lächelte zu Timo.

„Ich habe da wirklich keine Ahnung, aber sie fühlt sich sehr stabil an. Ich bringe Ihnen gleich Tee, Herr Feldmann", bemerkte sie verlegen und legte die Uhr vorsichtig in Timos Hand zurück. Ihre Finger lagen für einen Augenblick überkreuz, wie ein Gitter. Ayumi zog ihre Hand zurück und entschwand mit rotem Kopf in der Teeküche.

„Hey, da haben wir total Glück gehabt, zum Schluss unser's Ausflugs uns noch so 'n reichen Kerl mit so'ner geilen Uhr zu angeln. Na ja, jetzt braucht er die ja nicht mehr", brachte Taemin mit einem zufriedenen Kichern hervor und streifte sich das Schmuckstück wieder über. „Und die Bullen tappen auch noch im Dunklen", flüsterte er. „Schau mal her, du sammelst doch sowas. Die Zeitung habe ich extra für dich gekauft."

In der Zeitung war die Nachricht groß, fast reißerisch aufgemacht. Taemin hatte extra eine für Timo gekauft. Auch zwei Bilder vom Tatort waren dabei. Man sah die Treppe. Die Blutflecke waren mit einem weißen Kreis markiert und noch einmal in der Vergrößerung. Taemin breitete die Zeitung auf seinem Tisch aus, schielte nach der Teeküche, ob Ayumi dort noch beschäftigt war und übersetzte leise für Timo, denn es gab für ihn noch zu viele unbekannte Zeichen. Ihr Opfer war neununddreißig Jahre alt, Zahnarzt, verheiratet und Vater von zwei Kindern. Auch die zwei Messerstiche wurden erwähnt und dass das Opfer ausgeraubt worden war. Ob es einen Zusammenhang mit einem Überfall in der Nähe gab, bei dem ein Mann schwer verletzt worden war, musste noch geklärt werden. Die Polizei arbeitete intensiv mit einem Zehnmannteam an den Vorfällen. *Schwer Verletzt*. Timo hätte gerne genaueres erfahren.

Beide grienten über den Schluss des Artikels: Von dem oder den Tätern oder einem Motiv fehlt bisher jede Spur. Sie klatschten sich zufrieden ab. Ayumi blickte erschrocken auf und lächelte Timo an, als sie den Tee brachte.

„Lest ihr gerade von dem schrecklichen Überfall?", erkundigte sie sich zaghaft, als sie die aufgeschlagene Seite sah. „Das ist wirklich furchtbar und der Ermordete hatte eine Frau und zwei kleine Kinder, die jetzt ohne ihren Vater sind. Wer kann nur so etwas Furchtbares tun und wegen Geld jemanden umbringen?" Sie stellte den Teebecher vor Timo und lehnte sich sacht an ihn. „Der Tee ist noch heiß, Herr Feldmann, bitte seien Sie vorsichtig", bemerkte sie mit ihrem Grübchenlächeln.

„Nein, wir haben gerade über was anderes geredet", feixte Taemin. „Steht denn in der Zeitung was von einem Überfall? Wo ist der denn passiert? Wurde etwa jemand ermordet, wie du sagst, wirklich? Das ist ja schrecklich." Ein hämisches Grinsen ging über sein Gesicht. Er schaffte es nicht, seinen Schrecken überzeugend herüberzubringen. Ayumi schien das jedoch nicht zu bemerken und Timo schaute weg, nippte an seinem Tee.

„Ja, eine wirklich entsetzliche Sache", fing Ayumi wieder an. „Hier steht es." Sie schmiegte sich vorsichtig an Timo, um auf den Artikel zeigen zu können. Sie spürte seine Wärme. „Die arme Frau und die kleinen Kinder", begann sie wieder, „das ist doch wirklich grauenvoll, meint ihr nicht?"

Taemin grinste sie nur an. „Is' uns doch schnurzegal, wir haben damit ja nichts zu tun. Nicht wahr, Timo? Ich jedenfalls war um die Zeit zu Haus und hab ferngesehen.

Und du Timo?“ Ehe sich der noch eine Antwort zurechtlegen konnte, bat der Schulleiter Ayumi in sein Zimmer.

„Du Taemin, ich konnte die ganze Nacht nicht schlafen und habe gebetet, dass er nicht tot ist“, stammelte Timo leise. Ich habe noch nie gebetet, aber ich konnte nich anders. Ich habe zu Gott wie son kleines Kind gefleht, bitte lass ihn nicht tot sein.“

„Nimm dich zusamm, Timo. Das war ein Unfall, nix andres und der Zahnklempner hats selbst verschuldet. Warum muss der Kerl auch so blöde fallen. Denk einfach nich mehr an die Sache. Das muss unter uns bleiben.“ Als Ayumi wieder zurückkam, beendeten beide rasch das Thema.

„Sprecht ihr immer noch über den Artikel?“ Sie stand Schulter an Schulter mit Timo, und er glaubte, ihr leichtes Zittern zu fühlen. „Eine wirklich schlimme Sache! Jetzt sind die beiden kleinen Mädchen ohne ihren Vater.“ Das Zittern wurde stärker.

„Na, ist das wirklich so schlimm, wenn mal einer abkratzt?“, erkundigte sich Taemin scheinheilig. „Kommt doch alle naselang vor.“

„Eben“, erwiderte Timo ohne nachzudenken. Ayumi schaute beide erschrocken an und ging zurück an ihren Schreibtisch.

Wieso sagte Timo so etwas? Sie wusste nicht, was sie davon halten sollte. Aber er hatte vielleicht nicht alles verstanden. Warum übersetzte Taemin eigentlich so einen Artikel für Timo? Was hatten die beiden denn überhaupt mit der furchtbaren Sache zu tun, fragte sie sich, wagte es aber nicht, Timo oder Taemin noch einmal darauf anzusprechen.

Sie sah, wie die beiden sich abklatschten, Timo die Zeitung zusammenfaltete und sie im Rucksack verstaute. Ayumi setzte sich ratlos auf den Stuhl und wandte sich ihrer Arbeit zu. Dass sie sich abklatschten, gut, sie waren Freunde. Aber was wollte Timo mit einer japanischen Zeitung, die er doch nicht lesen konnte?

Als die beiden wieder auf dem Gang waren, verlangsamte Taemin seine Schritte.

„Ich hab's mir überlegt, ich verschwinde schon heute erstmal für ne Woche oder so. Hab mir Urlaub genommen und du solltest auch schnell nach Deutschland abhaun, da bist du sicher vor den Bulln. Wir bleiben in Kontakt, ich schreib dir nach Deutschland. Nich digital, sondern analog", grinste er. „Das is sicherer, das weiß ich."

„Ich kann noch nicht nach Deutschland fahren, ich habe doch noch die Prüfung für den schwarzen Gürtel vor mir. Ohne den haue ich nicht ab. Dafür bin ich nach Japan gekommen. Zwei Wochen bleibe ich bestimmt noch hier. Du kannst dich die Zeit bei mir im Studentenheim melden."

„Mach. was du willst, aber sei ja vorsichtig und verrat uns nicht. Wenn die Bullen Wind bekommen, nehm die ein voll in die Mangel. Vom Busbahnhof geht heute Abend ein Nachtbus gegen zwanzig Uhr nach Kurume in Südjapan, den nehm' ich. Du bist dann bei deim Judo. Mach's gut!" Taemin spuckte auf den Boden. „Das ist erst mal unser letztes Treffen. Ist besser so, glaub mir." Beide umarmten sich.

„Und noch was." Timo zupfte beim Verlassen der Schule an seiner Nase.

„Weißt du, Taemin, meinen Teil an der Rolex schenke ich dir zum Abschied, als Erinnerung an unsere Zeit. Es war wirklich super mit dir. Du warst der Boss. Du hast mir viel beigebracht und hast mir immer mit Knete ausgeholfen, wenn ich wegen Olivia knapp war. Und", dabei lachte er Taemin an, „wenn du auf die Uhr schaust, denkst du immer an deinen Kumpel und was wir alles gemeinsam erlebt haben. Es war nicht ganz sauber, aber was solls. Ist halt geschehen." Er reichte ihm die Hand und Taemin schlug ein. „Bye, mein cooler Freund, mein cooler Dachi."

Timo war erleichtert, dass sie als Freunde auseinander gegangen waren. Er besuchte noch zwei Unterrichtsstunden, lernte etwas über verschiedene Höflichkeitsstufen in der japanischen Sprache und schrieb sich einige Formulierungen auf, die er gut bei Nakai-Sensei anbringen könnte. Es war in der Schulklasse wieder so wie immer und doch konnte sich Timo nicht auf den Unterricht konzentrieren. Der Zahnarzt ließ ihn nicht los.

Als er die Schule gegen Mittag verließ, schaute er hinüber zu Ayumi, winkte ihr zum Abschied zu und erfreute sich an ihrem Lächeln. „Bis morgen Ayumi".

Rausschmiss

Auf dem Weg zur Judohalle blendete Timo alles aus, was ihn bedrückte. Ab jetzt durfte für ihn nur noch eins zählen: Judo und sein schwarzer Gürtel. Deswegen war er nach Japan gekommen. Wie freute er sich auf seinen Lehrer Nakai-Sensei.

Beim Betreten des Trainingsraums fühlte er jedoch sofort, dass etwas in der Luft lag. Es war nicht so wie immer. Nach dem Eintreten verbeugte er sich, hockte sich an der Wand auf den Boden und wartete geduldig, bis ihm ein Trainingspartner zugeteilt würde. Er wartete vergebens und in seinem Magen begann es zu rumoren. Er blickte zu seinem Lehrer, der mit den Schülern wie gewöhnlich arbeitete. Doch war es nicht wie immer. Nach der dritten Trainingseinheit ließ ihn Nakai-Sensei endlich zu sich rufen.

Er hatte sich lange überlegt, wie mit seinem Lieblingsschüler umzugehen sei. Er musste ihn ins eiskalte Wasser stoßen, damit der wieder zu sich kam. Nakai-Sensei wusste, dass er keine Nachsicht walten lassen durfte. Hart gegen sich, hart gegen seine Schüler.

Wie immer setzte er sich abseits in eine Ecke und schloss die Augen, wenn er mit jemandem vertraulich sprach. Timo verbeugte sich, kniete vor ihm nieder, hockte sich auf die Fersen und wartete. Es herrschte Stille zwischen ihnen.

Endlich wandte sich Nakai-Sensei ihm zu. „Ich habe lange auf dich gewartet, Du hast mir immer noch nichts zu sagen? Hast du über meinen Koan nachgedacht? ‚Des anderen Bogen spanne nicht / Des anderen Pferd besteige nicht'..."

Timo brauchte nicht lange nachzudenken. Er ahnte, worum es ging. Sein Inneres begann zu glühen. Ihn hatte etwas interessiert, was ihn nicht interessieren hätte sollen. Was wusste sein Lehrer? Dass er das Heft mitgenommen hatte, weil ihn *des Anderen Sachen* reizten? Aber woher? Oder meinte er doch etwas ganz anderes?

„Entschuldigung, sehr verehrter Meister Nakai-Sensei, ich verstehe nicht, was Sie meinen", versuchte er sich aus der Affäre zu ziehen. Es war einen Versuch wert. Im gleichen Augenblick wurde ihm jedoch bewusst, dass er einen Fehler begangen hatte. Er hätte den Diebstahl sofort zugeben müssen. Jetzt war es zu spät.

„Du weißt genau, was ich meine. Lüge nicht."

„Entschuldigung, Nakai-Sensei. Bitte, sehr verehrter Meister, entschuldigen Sie mein Fehlverhalten." Timo verbeugte sich so tief wie möglich.

Nakai-Sensei stand abrupt auf.

„Gehe mir aus den Augen! Ich will dich hier nie wiedersehen." Seine Fußsohlen strichen über die Matten. Er nahm Timos Entschuldigung nicht an. Es war zu spät.

Der Meister verließ ihn, ging zu den anderen Schülern, berichtigte Arm- und Beinstellungen und gab Ratschläge. Es war so, als wäre nichts geschehen. Timo blieb in seiner demutsvollen Haltung, murmelte seine Entschuldigung wieder und wieder, bis ihm die Tränen kamen.

Er wusste, eine Stunde, zehn Stunden oder selbst ein ganzer Tag in gebückter Haltung würden nichts mehr ändern. Er hatte seinen Lehrer angelogen. Es war die Lüge selbst, die es nicht nur beim Judo niemals geben durfte. Es war allein seine Schuld, sonst nichts. Das verstand Timo und die Welt brach für ihn zusammen. Er stand auf, wankte zum Ausgang, verbeugte sich zum Abschied tief in Richtung seines Lehrers und verließ das Dojo, seine geliebte Judohalle.

Vor fünf Monaten war er hier voll Enthusiasmus angekommen. Am Anfang musste er früher als alle anderen erscheinen. Alle Matten mit einem Besen säubern und sich sogar von Inhabern des grünen oder blauen Gürtels zu Boden werfen lassen. Immer und immer wieder das Fallen üben. Fast zwei Wochen lang. Genau wie die Anfänger, obwohl er schon den braunen Gürtel besaß. Er hatte sich durchbeißen müssen, ehe Nakai-Sensei ihn überhaupt bemerkte und ihm allmählich gleichwertige Kämpfer zuteilte, Arm- und Beinstellungen berichtigte, ihm Anweisungen gab und schließlich mit ihm kämpfte. Dass sie etwas Besonderes miteinander verband, war ihm klar geworden, als sein Lehrer nur ihn zu der Vorführung mitgenommen hatte. All das hatte er in diesem Moment zerbrochen. Timo empfand dieselbe Zuneigung für ihn, wie für seinen Vater, und ein weiteres Mal hatte er sein Vater verloren. Doch dieses Mal trug er die Verantwortung dafür, er allein, dass sein geliebter Nakai-Sensei sich von ihm abgewendet hatte. Mit seiner Unaufrichtigkeit war alles vorbei. Er wusste, Reue half ihm jetzt nicht mehr. Wieso sein Judolehrer ihn durchschaut hatte, verstand er nicht.

Das Heft lag gut versteckt in der Schreibtischschublade in seinem Zimmer im vierzig Kilometer entfernten Studentenheim. Er hatte es nie hierher ins Dojo gebracht und mit niemandem darüber gesprochen, auch nicht mit den Studenten im Heim. Doch, Nakai-Sensei wusste eben alles.

Wie in Trance schlich er zum Duschraum. Heute brauchte er nicht zu duschen. Es hatte keinen Kampf gegeben, und es würde keinen mehr geben. Im Umkleideraum ging er zu seinem Fach, entleerte es, faltete seine Judosachen behutsam zusammen und steckte sie in die große Tragetasche von ALDI, die er aus Deutschland mitgebracht hatte.

Wie gerne wäre er noch einmal in die Judohalle gegangen, um das Training und die herumwirbelnden Körper zu beobachten. Noch einmal wollte er die Kampfschreie hören und Nakai-Sensei mit einer tiefen Verbeugung Ehre erweisen und seinen Dank ausdrücken. Wie oft hatte dieser ihm Lektionen erteilt, die er bestimmt niemals in Deutschland erhalten hätte. Er wusste jedoch, es war sinnlos.

In diesem Augenblick fiel ihm der Koan ein, den ihm sein Lehrer einige Tage zuvor, am Abend vor dem Nachhausegehen vorgetragen hatte: ‚In einem schnellen Strom angelnd, fängt er, die nach Köder gieren. Selbst wer den Mund nur wenig öffnet, verliert auf der Stelle sein Leben.'

Endlich verstand Timo, dass sein Lehrer ihn hatte warnen wollen. Er begriff, was für ein Idiot er gewesen war. Der Koan hatte nichts mit dem Judo zu tun.

Es ging nicht um Sieg oder Niederlage im Kampf, es ging um mehr.

Sein Leben war in die falsche Richtung abgedriftet. Es war eine Warnung an ihn gewesen. Sein Lehrer hatte ihm eine weitere Chance zur Umkehr geben wollen und er hatte es jedoch nicht begriffen.

Timo musste sich am Spind festhalten. Er wollte nicht weinen, schon gar nicht hier im Dojo. Mit Macht hielt er seine Tränen zurück und presste die zitternden Lippen zusammen. Tropfen fielen, einer nach dem anderen, auf den Boden. Er wischte sich immer und immer wieder über die Augen. Dass er nicht den schwarzen Gürtel erreichen würde, wofür er nach Japan gereist war, war schon eine Katastrophe. Weit schlimmer, er hatte seinen Lehrer, den er wie einen Gott verehrte, enttäuscht. In seiner Brust wurde es eng.

Still verließ er die Judohalle mit der großen Tragetüte, wanderte ziellos durch die Straßen, hörte und sah nichts mehr. Er führte Selbstgespräche, er war schon woanders. Passanten schauten sich nach ihm um. Er bemerkte sie nicht, alles verschwamm um ihn. Ein Schauer durchlief ihn, er fühlte sein Herz ausgehen. Er war im Zustand der Auflösung. Der Rauswurf aus dem Dojo hatte Timo allen Lebenswillen aus dem Körper gesogen. Warum es ihn zum Busbahnhof getrieben hatte, wusste er nicht. Plötzlich stand er vor dem Tokio-Bahnhof, von wo die Nachtbusse abfuhren. Er streifte durch die Wartesäle als er ein „Hey, Dachi" glaubte zu vernehmen. Er drehte sich um, vor ihm stand ein Junge mit rotzroten Haaren und einer Baseballkappe tief über die Augen gezogen, einem blauen T-shirt mit ‚I love Tokyo', halblangen Hosen und Beachsandalen an den Füßen.

Timo dachte im ersten Augenblick, einen Touristen vor sich zu haben.

„Was ist los, was machst du denn hier?" Es war Taemin. „Bist du nich beim Judo?"

„Nein. Ich bin rausgeschmissen worden. Alles ist aus. Mach's gut, Taemin. Ich wollt' mich nur noch mal von dir verabschieden", brachte er mit Mühe hervor. „Es war toll mit dir. Ich glaube, du bist mein bester Freund. Ich bring mich um, dann ist alles aus. Es ist schon richtig, was mein Lehrer von mir denkt: Ein Raubmörder, der Judo missbraucht, um sich selbst zu bestätigen, hat kein Recht auf einen schwarzen Gürtel." Timo begannen die Tränen herabzulaufen. Taemin legte den Arm um ihn und zog ihn so dicht an sich heran, dass sich ihre Köpfe berührten. Er schob ihn kommentarlos in ein kleines Restaurant im Bahnhofbasement und bestellte eine Nudelsuppe, Salat und Shochu für sie. Er wusste, dass Timo Shochu mochte, den er immer aus Spaß japanischen Wodka nannte und von dem er nie genug bekam. Es war ein fünfunddreißigprozentiger. Taemin, immer noch mit dem Arm um Timos Schulter, sprach leise auf ihn ein.

„Beruhige dich, Timo, mein Dachi, die Welt dreht sich auch ohne einen schwarzen Gürtel weiter. Und Raubmörder sind wir schon lange nicht. Es war ein Unfall. Ja okay, ich geb's zu, ich hätte den Zahnklempner nicht abstechen solln. Meine Schuld. Du hättest es bestimmt geschafft, das weiß ich. Du warst immer super. Und wenn dein beschissener Nakai-Sensei dir nich die Prüfung abnimmt, geh zu eim andren Lehrer." Taemin drängte Timo immer wieder Shochu auf, bis der sich allmählich beruhigte.

Die Schale mit den Nudeln war kalt geworden und der Teller mit frischem Salat nicht angerührt, als die beiden das Lokal verließen. Taemins Bus würde gleich abfahren.

„Ich muss los, Timo." Sie umarmten sich und klopften sich gegenseitig auf den Rücken. „Unsere Freundschaft wird ewig sein," stammelte Taemin. „Und noch etwas. Geh' nachher zu mir nach Hause. Meine Mutter hat etwas für dich." Taemin nahm aus seinem Rucksack ein Heftchen, riss eine Seite heraus, kritzelte japanische Zeichen darauf und gab sie Timo. Noch einmal umarmten sie sich, Taemin stieg in den Bus. „Halt die Ohren steif, Dachi, und flieg noch morgen nach Deutschland, da bist du sicher vor den Bullen. Alles wird gut!"

Als der Bus mit seinem Kumpel abfuhr und Timo schlagartig allein zwischen all den umhereilenden Menschen stand, wurde ihm schwindlig. Er ließ sich neben einem Abfallkorb auf den Fußboden fallen, zog die Knie bis dicht an die Brust, umschlang sie mit seinen Armen und vergrub das Gesicht darin. Er begann leise zu weinen. Keiner merkte etwas, denn Tränen sind tonlos und haben auch keinen Geruch. Er hatte sein eigenes Leben vergiftet und würde sich umbringen, sein Dasein hatte allen Sinn verloren. Er musste für seine Tat einstehen. Eine Tat, die nur durch seinen Tod gesühnt werden konnte.

Für einige Sekunden fühlte sich Timo leicht und ungebunden, wie schon lange nicht mehr. Er schwebte im freien Fall und was geschehen würde, sollte geschehen. Nichts würde ihm mehr im Wege stehen. Kein Judo, kein Nakai-Sensei. Niemand. Und auch nicht sein schlechtes Gewissen, das sich in diesem Augenblick wieder bemerkbar machte.

Für einen Moment sah er den Zahnarzt vor sich, wie er lachte und doch tot war und das Foto von den beiden Mädchen, das sich in seinem Kopf wie wild drehte. Busse fuhren, einer nach dem anderen, ganz dicht an ihm vorbei. Es brauchte nur einen Schritt, dann hätte er es geschafft.

Sie werden mich verbrennen, wie es in Japan üblich ist, und das ist gut so.

Ayumi

Wie Timo vom Busbahnhof bis nach dem weit entfernten Shinjuku gekommen war, erinnerte er später nicht mehr. Als er wieder zu sich kam, saß er benommen auf einer niedrigen Einfassungsmauer beim Shinjuku-Bahnhof. Es war einer seiner Lieblingsplätze in Tokio gewesen. Hier hatte er sich oft einige Minuten von der Sprachschule ausgeruht, das Gelernte noch einmal überdacht, neue Vokabeln geübt und das Großstadttreiben beobachtet, ehe er zum Judo ging. Es war Vormittag, die Sonne prallte auf ihn, heiße Luft stand zwischen den Häusern. Es herrschten drückende einunddreißig Grad und fünfundachtzig Prozent Luftfeuchtigkeit, dass man kaum atmen konnte. Er roch den eigenen Schweiß.

Allmählich kam er wieder auf dieser Welt an, die seinen Tod noch nicht haben wollte. Sie hatte noch etwas vor mit ihm. Alles um ihn schien wie sonst.

„Ein total verrückter Bahnhof", hatte er, kurz nach seiner Ankunft in Tokio, seinem ehemaligen Schulfreund Tobias gemailt. Der war zum Studium nach Berlin gezogen und von Berlin total begeistert. „Mann, Tobi, stell dir das mal vor, auf dem Shinjuku-Bahnhof steigen jeden Tag mehr Menschen ein und aus, als in deinem tollen Berlin während eines ganzen Jahres wohnen! Und wie sauber der ist. Nichts weggeschmissen, kein Graffiti. Das Rathaus gegenüber ist ein zweihundertvierzig Meter hoher Wolkenkratzer.

Was ist dagegen schon euer mickriges Rotes Rathaus. Und auf der anderen Seite vom Bahnhof stehen voll mit Reklame zugekleisterte Betonblöcke. Und du, keine fünf Schritte entfernt davon, findest du das größte Vergnügungsviertel Japans."

Timo mochte diese Seite der Stadt lieber, als die sterile Ostseite, denn hier im Viertel roch es nach Abenteuer und Drama. Besonders wenn die Gegend nachts wie ein riesiger Edelstein funkelte und von massenweise Vergnügungsgeilen überschwemmt wurde. Die Stadt war gigantisch. Von den fliegenden Händlern, die das Viertel beherrschten, hatte er ebenfalls geschrieben. „Mann Tobi, denk mal, schon am frühen Abend breiten Typen Decken über dem Pflaster aus und verkaufen *legale* medizinische Pilze und in einer anderen Ecke nicht so Legales in Tütchen. Das ist alles hier so megageil. Ich bin froh, das alles miterleben zu können."

Das war nun alles Vergangenheit, und in der Vergangenheit lebte er nicht mehr. Timos Kopf war leer. Warum hatte er sich nicht umgebracht, es hielt ihn doch nichts mehr?!

„Hey, how are you?" Eine helle weibliche Stimme. Mit großer Wahrscheinlichkeit ist das wieder eine dieser englischverrückten Japanerinnen, die sich gern an Ausländer heranmachen, um ihre paar ärmlichen Vokabeln an den Mann zu bringen, dachte Timo genervt und schnalzte mit der Zunge. Er ignorierte sie und zog seine Kappe tiefer über die Augen. Er wollte nicht gestört werden. Jetzt nicht. Die Fremde ließ jedoch nicht locker und fragte das Gleiche noch einmal auf Japanisch. Die Stimme kannte er doch. Timo schielte zur Seite. Neben ihm saß Ayumi.

„Ayumi", Timo glaubte, seinen Augen nicht zu trauen. „Was machst du denn hier? Musst du um diese Zeit nicht im Büro sein?"

„Ich habe hier auf Sie gewartet. Ich weiß, Sie kommen gern hierher."

„Auf mich?"

„Ja, auf Sie, Herr Feldmann, denn ich glaube, Sie brauchen etwas Unterstützung." Timo verstand nicht, was um ihn vorging. Doch er war froh, jemanden neben sich zu haben. Die Selbstmordgedanken hatten ihn wieder eingeholt. Er wischte sich mit dem Zeigefinger über die Augenbrauen.

„Wie kommst du denn darauf, dass ich Unterstützung brauche?"

„Ich dachte es mir einfach, weil Taemin sich so überstürzt Ferien genommen hat und Sie plötzlich alleine sind. Sie haben doch wie die Kletten zusammengeklebt. Hat das etwas damit zu tun, dass Sie nicht mehr zum Judo gehen dürfen."

„Du weißt davon?"

„Es gibt noch andere Schüler in der Schule, die auch dort Judo üben."

„Ja, zwei Amerikaner. Ich kenne sie aber kaum, sie sind viel älter als ich. Sie haben dir davon erzählt?" Ayumi nickte. „Zu gern hätte ich im Judo-Mekka Kodokan trainiert", begann er zu erzählen und fühlte sich besser dabei. „Wer wollte das nicht, wenn man einmal mit dem Judo angefangen hat und weiß, worauf es ankommt. Leider hatte es nicht geklappt, bei meiner Anmeldung war etwas verschlampt worden, und danach war es zu spät.

Allerdings", Timo war selbst erstaunt, dass er ein Lächeln hervorbrachte, „hätte ich je einen Lehrer wie Nakai-Sensei getroffen, wenn ich in die Kodokan-Schule gekommen wäre? Weißt du, mein Judolehrer war genau wie mein Vater zu mir. Streng, freundlich und immer hilfsbereit."

„Sie mögen ihren Lehrer bestimmt sehr."

„Ja, von dem Augenblick an, an dem ich ihn getroffen habe. Was ich an ihm so mochte, waren seine Koans, die paradoxen Rätsel, die so schwer zu begreifen sind. Kennst du einen Koan?", fragte er spontan. Ayumi schaute erstaunt, nach einigen Sekunden lächelte sie.

„Sie wissen schon gut Bescheid! Ich kenne einen oder zwei aus meiner Schulzeit. Koans sind immer schwer zu verstehen und ich glaube, man kann auch nach hundert Jahren nachdenken nicht auf die Lösung kommen."

„Sag doch mal einen Koan", forderte er Ayumi auf. „Mal sehen, ob ich ihn knacken kann. Ich bin da schon ganz gut drin, hatte ja einen geilen Lehrer." Seine Stimmung hellte sich allmählich auf, er konnte wieder freier atmen, war mit sich und dem Trubel auf dem Bahnhofsvorplatz eins geworden und dachte nicht mehr an Selbstmord.

Ayumi musste lachen, zeigte ihre weißen Zähne und überlegte einen Augenblick, ehe sie mit ihrer weichen Stimme sprach: „Also, das ist nicht so ein traditioneller Koan, aber ich mag ihn, weil man ihn verstehen kann." Ein leichtes Räuspern folgte, wobei sie sich die Faust vor die Lippen hielt.

„Also, passen Sie auf: ‚Ein Mönch fragt seinen Schüler: Was ist die Lehre, die Buddha sein Leben lang gepredigt hat?' Was denken Sie, Herr Feldmann?"

Timo dachte kurz nach und schon sprudelte es aus ihm hervor: „Vielleicht was von der Wiedergeburt? Und dass man lieber kein Fleisch von Tieren essen soll, sonst futtert man noch Verwandte." Er grinste zufrieden und Ayumi zog belustigt die Mundwinkel hinunter.

„Wissen Sie, so anspruchslos ist die Lösung nicht. Sonst wäre es kein Koan. Es muss etwas sein, was man nicht erwartet und vor allen Dingen eine Belehrung. Ich glaube, es ist eine wirklich kluge Antwort, die der Mönch gibt, wenn man darüber nachdenkt. Sie gefällt mir außerordentlich, weil sie wirklich zu meinem Leben passt. Also, noch einmal: ‚Was ist die Lehre, die Buddha sein ganzes Leben gepredigt hat?' " Ayumi wartete einen Augenblick und blickte Timo in die Augen. Als keine Antwort von ihm kam, sprach sie ganz langsam: „Also, die richtige Antwort lautet: ‚Dem jeweiligen Schüler gemäß.' "

Timo schwieg lange, ehe er antwortete. „Sorry Ayumi, ich verstehe den Koan nicht, was will er sagen?"

„Dass jeder Mensch anders ist. Jeder Mensch hat seine guten und seine schlechten Seiten. Einer mehr das Eine, andere mehr das Andere. Man kann daher nicht alle Menschen über einen Kamm scheren." Jetzt, wo Timo die Erklärung zum Koan hatte, verstand er die Bedeutung. Wenn man jemandem etwas predigen will, muss man auf dessen Persönlichkeit und Besonderheiten eingehen, sonst wirkt es nicht. Was wohl Buddha mir, einem Mörder, predigen würde, stellte er beklemmt fest.

Was machen Sie hier in Tokio außer Judo, sind Sie Student?", nahm Ayumi ihr Gespräch wieder auf.

„Nein, ich bin noch kein Student. Ich habe grade erst mein Abi hinter mir. Ich bin einfach hierhergekommen, um besser Judo zu lernen. Aber es hat nicht geklappt. Es ist alles nicht so gelaufen, wie ich es mir vorgestellt habe." Er versuchte umgangssprachliches Japanisch zu benutzen und nicht die abgeschliffene Sprache der Straße, die zwischen Kumpels üblich war. Die, die Taemin und er gesprochen hatten. Er wollte Ayumi gegenüber nicht unhöflich sein. Das hatte er in der Schule gelernt. Also suchte er sich mühsam die entsprechenden Vokabeln zusammen. „Das ist alles nur meine Schuld, ich hab's total verhauen. Ich habe mich in ein anderes Leben reingeträumt und ich habe dafür sogar einen ..." Er hielt erschrocken inne. Beinahe hätte er Ayumi etwas gebeichtet, was lieber ungesagt bleiben sollte. Auf einmal hatte er alles satt. Er hatte keine Lust, weiterzusprechen, weiterzuleben.

Ayumi lächelte ihn an, legte ihm, wie eine große Schwester, die Hand auf die Schulter und sprach zu ihm mit fester Stimme: „Ich weiß. Oft führt nicht alles dahin, wo man es gerne hätte." Timo verstand nicht recht, aber die Bedeutung erahnte er. Nach kurzem Nachdenken wagte er sich vor.

„Und warum arbeitest du in der Sprachschule? Ist das nicht etwas langweilig für dich und Taemin magst du ja auch nicht besonders." Ayumi lachte hell auf.

„Da haben Sie ganz Recht, Herr Feldmann. Aber ich bin gern mit Ausländern zusammen und möchte auch in ein paar Jahren ins Ausland gehen und dort arbeiten.

In der Schule habe ich nebenbei die Möglichkeit, etwas Englisch aufzuschnappen und zu sprechen."

„Also, wo wir gerade von Ausländern sprechen, sag doch nicht immer Herr Feldmann und Sie zu mir, wie es die Japaner machen. Für mich bist du Ayumi und für dich bin ich einfach Timo. Und der Timo hat Hunger bekommen, wollen wir was essen gehen? Letztes Mal, als ich dich zum Steakessen eingeladen habe, wolltest du nicht, kommst du dieses Mal mit?" Timo legte vorsichtig seine Hand auf ihre Schulter.

„Ja, gerne. Aber nicht zum teuren Steakessen. Ich weiß, dass Sie, dass du, Timo", lachte Ayumi verschmitzt, „wenig Geld hast und oft von Probieressen im Kaufhaus lebst."

„Ja, das war am Anfang. Aber jetzt habe ich genug Geld, dich wenigstens zum Nudelessen einzuladen, magst du Ramen?" Timo biss sich auf die Lippen. Er hätte Ayumi nicht zum Essen einladen dürfen. Das Geld, das er in der Tasche hatte, stammte vom Überfall auf den Zahnarzt. Noch vor zwei Tagen hätte ihm das nichts ausgemacht, aber der Tod des Zahnarztes hatte sein Leben verändert. Jetzt war es zu spät, die Worte konnten nicht mehr zurückgeholt werden.

„Das ist lieb von dir, Timo, aber heute lade ich dich einmal ein, weil ich dich hier so überrascht habe." Timo fiel ein Stein vom Herzen.

Umzug

Als Timo am nächsten Morgen in die Sprachschule kam und gewohnheitsmäßig im Sekretariat vorbeischaute, war tatsächlich Ayumi alleine in Büro. Taemins Platz war leer.

„Danke für die Einladung gestern, und ich hätte dich auch gern einmal ins Studentenheim eingeladen," sagte er mit betrübter Miene.

„Dort wohnen auch zwei Spanier und ein Brasilianer Kenji, mit japanischen Wurzeln. Sie sind sehr nett. Ich denke, das wäre für dich interessant gewesen, aber ganz plötzlich muss ich das Heim verlassen. Ein österreichischer Judoka soll schon morgen mein Zimmer übernehmen, weil ich nicht mehr in der Judoschule bin. "Wie ist es denn dazu gekommen, dass du die Judoschule so schnell verlassen musst? Du wolltest doch dort deinen schwarzen Gürtel erwerben. "Das ist eine lange Geschichte. Die erzähle ich dir einmal, wenn wir uns besser kennen. Es ist nichts, worauf man stolz sein kann."

„Wo wirst du denn jetzt wohnen?"

„Ich zieh in ein Hotel. Sowieso fliege ich in ein, zwei Tagen zurück nach Deutschland. Was soll ich hier noch, ohne Judo praktizieren zu können? Aber vorher gehe ich einmal mit dir richtig aus. Es hat mich so gefreut, dass du dich gestern so um mich bemüht und sogar deine Arbeit wegen mir vernachlässigt hast. Dafür möchte ich dir danken."

„Nicht so große Worte Timo. Ich habe dich gleich vom ersten Augenblick an gemocht. Das war mein Schicksal. Wenn du willst, erzähle ich dir einmal, was ich mit Schicksal meine. Nur jetzt nicht. Ich habe eine Idee," fügte sie nach kurzem Nachdenken hinzu: „Mein Bruder ist für drei Tage nach Bangkok gefahren, du kannst in der Zeit in seinem Apartment wohnen." Timo war überrascht, als Ayumi die Einladung, bei ihrem Bruder zu wohnen, einfach so aussprach. Als wäre es nichts. Mit seinen US-Dollars hätte er die kurze Zeit problemlos in einem Hotel wohnen können, aber dann wäre er allein gewesen. Wenn er im Apartment ihres Bruders wohnte, hoffte er, war die Gelegenheit mit Ayumi zusammen zu sein, sicherlich größer und darauf freute er sich. Noch etwas hatte sich in seine Gedanken eingeschlichen. Ob er noch einmal einen Versuch machen sollte, mit Nakai-Sensei zu sprechen?

„Warum bietest du mir das an, du kennst mich doch gar nicht richtig, bis auf die paar Mal, wo wir uns im Büro getroffen haben," hakte er nach und zupfte an seinem Kinn. „Musst du da nicht erst einmal deinen Bruder fragen?"

„Warum? Das sage ich dir später." Ayumi lachte, als wäre es ein Witz. „Heute nur so viel: Du hast mich neugierig gemacht." Timo legte die Stirn in Falten. Ist Ayumi neugierig auf mich, fragte er sich, oder nur auf mich, weil ich ein Ausländer bin und sie Ausländer mag. Er mochte die Antwort nicht und schwieg. War aber an Ayumi nicht auch etwas Geheimnisvolles, das ihn neugierig machte? Er musste dem auf den Grund gehen, warum sie ihn gestern so unerwartet beim Shibuya-Bahnhof getroffen hatte. Da musste mehr dahinterstecken.

„Also", Timo zögerte noch etwas, „danke, ich nehme dein Angebot gerne an, aber nur wenn dein Bruder einverstanden ist."

„Fein Timo, ich freue mich. Mein Bruder kann auch ganz leidlich Englisch. Ihr werdet euch bestimmt gut verstehen, falls du ihn mal triffst. Das Apartment von meinem Bruder ist ganz in der Nähe vom Shin-Okubo-Bahnhof. Weißt du, wo das ist? Wir treffen uns dort morgen gegen fünfzehn Uhr."

„Ja, ich kenne die Gegend. Dort warte ich dann mit meinen Klamotten auf dich."

„Ich hoffe, du hast nicht zu viele Sachen. Sein Apartment ist klein und schon richtig vollgestopft", witzelte Ayumi.

„Nee, habe ich nicht, bin nur so 'n armer Judoschüler, der sich von Probieressen ernährt, das weiß du doch." Die Schulglocke läutete und beendete abrupt ihr Gespräch. „Jetzt haben wir uns verquatscht. Sorry. Du hast bestimmt viel zu tun, weil Taemin nicht da ist. Vielen Dank nochmals für das Angebot, im Apartment von deinem Bruder wohnen zu dürfen. Nach dem Unterricht fahre ich sofort zum Studentenheim und packe meine Sachen zusammen."

Während des Unterrichtes konnte sich Timo nicht aufs Japanisch konzentrieren. Ihn erfasste Aufregung. Warum, das wusste er nicht. Er atmete einige Male tief durch. Wer war diese Ayumi?

Wieso war sie genau zur rechten Zeit erschienen. Welches Schicksal verband sie beide, was Ayumi irgendwie angedeutet hatte?

Auch nach der Schule klang die Erregung nicht ab. Timo rieb sich mehrmals übers Kinn und zündete sich beim Gehen eine Zigarette an. Da es kein Judo mehr gab, konnte er alle guten Vorsätze fallen lassen. Innerlich hatte Timo Tokio bereits verlassen. Er freute sich auf Deutschland, sowie auf ein Reset seines bisherigen Weges an den Anfang vor seiner Reise nach Japan. Er musste wieder zu einem normalen Leben finden und mit neuen Freunden beginnen. Er war gespannt, was ihm das Informatikstudium an Interessantem bringen würde. Welche Vorlesungen er besuchen sollte und bei welchen Seminaren er sich einschreiben müsste. Und wo er studieren würde. Vielleicht auch in Berlin, wie sein Freund Tobias. Oder sollte er doch BWL studieren und gut verdienen? Noch hatte ihn Olivias Leben nicht losgelassen.

Timo bummelte hinüber zum Bahnhofsgebäude und merkte, wie er sich, wie die Einheimischen, geschickt durch die Menge schlängelte, ohne dass er mit irgendwem zusammenstieß. Auf der Ebene zwei ging er in ein kleines Restaurant, das panierte Schweineschnitzel anbot, was hier Tonkatsu hieß. Dazu orderte er ein großes Bier. Er war Ausländer mit einem für die Japaner schwer abschätzbaren Alter und das war sein Freibrief, nicht nur für Alkohol. Als er satt war, bestellte er Shochu auf Eis. Er wollte den Abschied vom Studentenheim solange wie möglich aufschieben, aber allmählich wurde es Zeit, zurück zu fahren.

Im Heim begann Timo seine Sachen zusammenzupacken. Dass er so zügig das Heim verlassen musste, hätte er nicht gedacht. Aber das war die Strafe von Nakai-Sensei und die war gerecht, fühlte er. Mit Wehmut blickte er sich in seinem Zimmer um. Hier war er vor fünf Monaten mit Enthusiasmus eingezogen, war oft hungrig, aber überglücklich eingeschlafen. Jedoch so, wie er es sich vorgestellt hatte, hatten sich die Dinge nicht entwickelt. Nein! Und das war allein seine Schuld. In der Schreibtischschublade lag, unter Mangaheften gut versteckt, das Ate-Mi-Waza Heftchen, mit dem alles angefangen hatte. Timo ergriff es und wollte es am liebsten in tausend Stücke zerreißen, aber er tat es nicht. Er blätterte es langsam durch, sah sich die Zeichnungen an, strich es glatt und legte es vorsichtig in seinen Koffer. Das Heftchen konnte nichts dafür. Er hätte sich niemals mit Taemin einlassen sollen. Aber er hatte es getan. Wegen Geld und, um sich zu beweisen. Sein Blutdruck stieg, es brodelte in ihm. Er hielt es nicht mehr im Zimmer aus und rannte hinüber zum Gerätehaus hinten im Garten.

Hier habe ich fast jeden Tag, besonders vor den Überfällen, geübt, damit nichts schief ging und ich die korrekten Stellen traf, um meinen Uke zu verletzten, erinnerte er sich. Aber alle meine Gegner waren keine Judokas gewesen. Nein, mit Judo hatte das alles nichts zu tun gehabt. Verdammt, es war nie ein ehrlicher Kampf, Mann gegen Mann gewesen, wie ich es mir erhofft hatte, als ich zum ersten Mal mit Nakai-Sensei über meinen Wunsch sprach. Auf ihn hätte ich hören sollen und an sein ‚Bringe das auf hoher See vorbeifahrende Schiff zum Halten'.

Aber ich habe es nicht aufgehalten, ich bin in mein Unglück gelaufen.

Timo sank auf den Fußboden, vor ihm die inzwischen recht lädierte Holzwand mit den aufgemalten Umrissen eines Menschen. Er verzog den Mund, wollte die Tränen stoppen, die ihm über die Wangen liefen. Es gelang ihm nicht. Er, Timo, hatte versagt. Er hatte alle Chancen zunichte gemacht und allmählich steigerte sich seine Wut auf sich selbst. Das Kreidebild ihm gegenüber war sein Selbst, das er immer und immer wieder anspuckte und mit dem Fußballen mit aller Wucht in den Schritt trat. Die Holzwand konnte seinem Zorn bald keinen Widerstand mehr leisten und gab nach. Splitter stoben durch den Raum. Danach noch einen Schlag mit dem Ellbogen in den aufgemalten Solarplexus. Zum ersten Mal gab die Holzwand nach und riss auf. Das war tödlich!

Timo durchraste ein stechender Schmerz, er lachte schrill auf. Mit der geballten Faust schlug er auf die bloßen Steine dahinter ein und als ihn das immer noch nicht erlöste, mit dem Kopf. Als ihm schwindlig wurde, sank er auf den Boden, bedeckte sein Gesicht mit beiden Händen und weinte, schluchzte, heulte sich seine Selbstverachtung aus dem Körper.

Es war noch dunkel, als er zitternd und blutend aus dem Geräteschuppen trat. Er packte hastig seine Sachen, bestellte ein Taxi und verließ totenbleich wie in Trance das Studentenwohnheim. Die Uhr im Taxi zeigte drei Uhr. Es war mondstill, alle neun Insassen schliefen, der Wagen fuhr geräuschlos ab. So hatte er sich den Abschied nicht vorgestellt.

Takahashi

Schon lange vor der vereinbarten Zeit, war Timo am Shin-Okubo-Bahnhof eingetroffen und wartete nun freudig gespannt auf das Treffen mit Ayumi, obwohl ihn Kopfschmerzen plagten. Wie oft habe ich wohl gestern Nacht meinen Kopf gegen die Steinwand gedonnert? Er betastete seine Stirn. Von seinem gestrigen Kampf mit sich selbst war ihm eine verschorfte Wunde quer vom Haaransatz bis zu den Augenbrauen geblieben. Das linke Auge schmerzte, ebenso sein rechtes Knie. Die Knöchel an beiden Händen waren aufgeplatzt. Sonst war alles heil. Er fühlte sich endlich im Reinen mit seinem Schicksal, wie nach einem reinigenden Gewitter, wenn die Luft frisch duftet, und er hatte richtig Lust bekommen, sich noch zwei oder drei Tage in Tokio auf eigene Faust herumzutreiben, wo er schon mal hier war. Danach würde er nach Deutschland zurückfliegen, auch ohne den schwarzen Gürtel. Es sollte nun mal nicht sein, den Spott in der Judoschule zu Hause musste er ertragen.

In einem 24-Stunden-Laden hatte er sich Wundsalbe und Verbandszeug besorgt und sich, so gut es ging, in einer Bahnhofstoilette selbst verarztet, gewaschen und einigermaßen zurechtgemacht. Er war froh, sich erst um fünfzehn Uhr mit Ayumi verabredet zu haben. So hatte er Zeit, um sich noch etwas zu erholen.

Zum ersten Mal in seinem Leben, hatte er sich Parfüm gekauft, Kenzo Homme, und sich vorsichtig besprüht. Ob ich verliebt bin, durchfuhr ihn ein freudiger Schreck.

Es war wieder heiß. Ein ärmelloses, frisch gewaschenes T-Shirt, löchrige Jeans und die fast an den Sohlen durchgelaufenen Nike-Sportschuhe waren alles, was er anhatte. Und wie immer war das Baseballcap tief in die Augen gezogen. Alle seine Sachen waren in einem Koffer, in seinem Rucksack und in einem Karton verstaut. Seit er nach Japan gekommen war, hatte sich immer mehr angesammelt. Die Studenten im Wohnheim hatten einige Tage vor seinem Rausschmiss, als seine Welt noch in Ordnung war, eine vorgezogene Abschiedsparty gegeben. Aus Zeitgründen, denn zum vorgesehenen Abschied wären einige nicht da gewesen. Alle wollten sich von Timo, dem inkognito Adligen, mit einer Riesenparty verabschieden. Dabei hatten sie ihm eine achtzig Zentimeter große Samurai-Puppe geschenkt, komplett mit Helm, Rüstung und Schwert. Ein grandioses Geschenk. Sie allein füllte einen Karton fast aus. Von Kenji hatte er außerdem noch einen schwarzen Gürtel mit einem Etikett „Feito no Brasil, Made in Brazil“ erhalten. Die beiden waren von Anfang an gute Freunde gewesen und er hatte ihm einige Judogriffe beigebracht. Er müsste sich unbedingt noch einmal mit ihm treffen, ging es ihm durch den Sinn.

Natürlich hatte es sich Olivia nicht nehmen lassen, ihm ab und zu irgendwelche Designerklamotten zu kaufen, neben dem Smoking, den er nur ein einziges Mal auf einer Party angezogen hatte und in dem er sich wie Pierce Brosnan in ‚Der Morgen stirbt nie‘ fühlte.

Timo hockte mit hochgezogenen Knien auf dem gefliesten Fußboden im Bahnhofsgebäude. Aus den Löchern seiner Jeans über den Knien schaute die Haut wie kleine Gesichter hervor. Er hatte Lust zu rauchen, tastete nach der neuen Schachtel, die er vorsichtshalber gekauft hatte, aber er verkniff es sich.

Was würden die nächsten Tage mit Ayumi bringen? Und zurückblickend überlegte er, manchmal war die Welt eben nicht so, wie man sie sich vorstellte. Da konnte man nichts machen. Das war Schicksal oder Karma, wie die Leute das hier nannten, und vielleicht ist das alles eine Strafe für mich, weil ich bereits in meinem vorherigen Leben ein schlechter Mensch gewesen war, sinnierte er. Und mein nächstes Leben, wird das auch wieder so traurig enden?

Timo versuchte, die Schatten seiner Vergangenheit aus seinem Gemüt zu verscheuchen. Mit dem Betrachten des niemals endenden Stroms aus Menschen, lenkte er sich ab. Tokio ist wirklich wie ein verfilztes Wollknäuel, stellte er wieder einmal fest. Selbst auf diesem kleinen Ringbahnhof kam es ihm vor, als ob irgendwo ein internationales Fußballspiel anstünde und hunderttausend Fans durch die Straßen stürmten. Nur dass in Japan alles zivilisierter vor sich ging und vor allen Dingen ohne Gebrüll.

„Hallo, da bist du ja!“ Ein junger Japaner stand wie aus dem Boden gewachsen, strahlend vor ihm und streckte ihm seine Hand entgegen. Timo erwachte aus seinen Gedanken und schaute den Mann fragend an. „Ich bin Takahashi, der Bruder von Ayumi. Eigentlich sollte ich in Bangkok sein, aber die Firma hat das Schedule geändert.

Weil ich deswegen Zeit habe und meine Schwester in der Schule arbeiten muss, hole ich dich einfach ab, habe ich mir überlegt. Ich hoffe, das ist okay für dich." Timo wusste nicht, wie ihm geschah. Er stand auf und gab dem Bruder von Ayumi die Hand.

„Guten Tag", war alles was er hervorbringen konnte. Dass beide Geschwister waren, erkannte Timo sofort. Die pechschwarzen Haare und das Schmunzeln, das über sein Gesicht huschte, als er mit ihm sprach. Und die Augen. Genau wie bei Ayumi. Nur schade, dass *sie* nicht selbst gekommen war.

„Wie siehst du denn aus, hast du etwa eine Mauer geküsst?" Takahashi musterte ihn besorgt und hockte sich vor ihn hin. „Ich würde an deiner Stelle künftig lieber was anderes küssen", scherzte er.

„Egal, es ist nichts weiter passiert. Das war meine Schuld, ich bin gestolpert."

„Na, aber gleich ordentlich!" Takahashi schien sich zu amüsieren.

„Sieht schlimmer aus, als es ist."

„Komm, wir essen erst einmal etwas, ich hatte heute noch keine Zeit dazu. Anschließend gehen wir zu mir." Takahashi richtete sich auf, nahm den Koffer und den Karton an sich und marschierte geschmeidig und ohne überflüssigen Kraftaufwand voraus. „Ich habe heute Morgen erst mal sauber gemacht", bemerkte er lachend, als er sich vergewisserte, dass ihm Timo folgte. „Das hat mir meine Schwester aufgetragen." Takahashi schritt weit aus und Timo hatte Mühe, ihm zu folgen. Ob er es eilig hatte, fragte sich Timo, und ich ihm ungelegen komme?

„Ich hoffe, ich störe Sie nicht. Ayumi, ich meine Ihre Schwester, meinte, ich könnte in Ihrem Apartment …"

„Hallo Timo, wir duzen uns doch. Du gehörst ja schon fast zur Familie, als guter Freund meiner Schwester." *Du gehörst ja schon fast zur Familie* erstaunte Timo. Eigentlich hatte er sich bisher nicht viel um Ayumi gekümmert. Er hatte sie nett gefunden und mochte sie irgendwie, aber das war alles. Was hatte sie wohl über ihn erzählt, dass er zur Familie gehörte?

„Danke Takahashi, deine Schwester war gestern sehr nett zu mir mit der Einladung. Ich hoffe, ich störe dich nicht."

„Ach was." Takahashi schmunzelte. „Dann habe ich wenigstens etwas Unterhaltung und kann etwas Englisch üben. Nachdem sie in eine Seitengasse eingebogen waren, stieß er Timo an.

„Schau, hier wohne ich, die Eisentreppe da führt hinauf zu meinem Apartment." Takahashi zeigte dabei auf einen Anbau an einen größeren Wohnblock. Sie waren nicht einmal zehn Minuten unterwegs gewesen.

„Ehe wir da raufsteigen, gehen wir um die Ecke was essen. Ich habe ordentlich Hunger. Dort können wir deine Sachen erst einmal abstellen." Timo nickte, er war zufrieden. Sie aßen in einem Imbiss Yakitori, auf Holzkohle gegrillte Hühnchen- und Gemüsestückchen, die auf Holzspießchen gesteckt waren. Takahashi bestellte dazu eine große Flasche Bier und zwei Gläser.

„Trinkst du doch, oder? Das ist doch für euch Deutsche wie Wasser, oder?" Bisher hatte Timo noch nie mittags Bier getrunken.

Heute hatte er Lust dazu und Timo ergriff die Flasche ohne Umstände und goss Takahashi und sich ein.

„Ja, gern und vielen Dank!“ Sie prosteten sich auf ihr kurzes Beisammensein zu, ließen es sich schmecken, sprachen über dies und das und schließlich hatten sie zwei Flaschen geleert, ehe sie zu Takahashis Apartment aufbrachen.

Takahashis Apartment war nicht nur klein, nein, es war nanoklein und roch nach Fastfood, Schweiß und Aschenbecher zugleich. Und noch nach etwas, worauf Timo nicht kam. Unter *Apartment* hatte er sich etwas anderes vorgestellt. Es war ihm vielmehr, als betrete er einen großen Schrank. Von der Zimmerdecke hingen wohl zum Trocknen Hemden, T-Shirts, Jeans und jede Menge Unterwäsche. Der Fußboden war mit Tatami bedeckt und vollständig leergeräumt bis auf einen niedrigen Tisch mit zwei Sitzkissen darum sowie einem Futon mit zerknautschtem Laken und ein paar Decken darüber. Dafür stapelten sich an den Wänden große und kleine Kartons, Zeitschriften und jeden Menge LPs. Mittendrin, halb verdeckt, stand ein Fernseher. Takahashi hatte also wirklich sauber gemacht, überlegte Timo mit einem Schmunzeln. Von der Decke baumelte eine viereckige Neonlampe und Timo war sich sicher, er würde andauernd mit dem Kopf dagegen stoßen.

„Du hast es ja schön gemütlich hier“, sagte Timo, um irgendetwas zu sagen.

Er zog unwillkürlich den Kopf ein, als er in das Zimmer trat. Takahashi lachte laut auf und schob Timo ins Zimmer, wie einen Einkaufswagen in den Supermarkt.

„Nun, das ist meine Welt, Junggesellenbehausung", meinte Takahashi mit einem Lachen und ließ sich im Schneidersitz auf einem der Kissen nieder. Einladend klopfte er auf das zweite Kissen, und Timo setzte sich ihm gegenüber.

„Ich rauche gern mal eine, wenn es dich nicht stört." Timo schüttelte den Kopf. „Ich bin ja schon fünfundzwanzig und darf das. Ayumi schimpft immer darüber, aber dies ist mein Apartment, da habe ich mal das Sagen." Takahashi legte eine bläuliche Schachtel auf den Tisch, zog sich eine schlanke Zigarette heraus, zündete sie mit einem altmodischen Feuerzeug an und begann zu rauchen. „Die Zigaretten kommen aus Thailand und sind recht stark parfümiert. Probiere doch mal eine davon. Ich mag sie sehr. Es ist mal was anderes, aber nur wenn du willst." Als Timo zögerte, schob er ein, "Bitte, wir sind ja hier unter uns", hinterher. Mit einem „Thank you" zog sich Timo eine Zigarette aus der Schachtel, die dünner war, als eine Eve. Takahashi gab ihm Feuer. Der Tabak knisterte sanft. Die Zigarette schmeckte ekelhaft süß und der Geschmack blieb auf Timos Lippen kleben. Er hätte sie am liebsten gleich wieder ausgemacht, aber er rauchte sie schweigend weiter.

„Also, ich habe einen Gästefuton", eröffnete ihm Takahashi nach ein Paar Zügen, „der passt grad noch so neben meins. Darauf kannst du schlafen. Ein paar Decken habe ich noch für dich." Timo antwortete nichts, nickte nicht, hörte nur zu.

„Es gibt dort hinter der Tür eine Duschkabine, Klo und Kochnische, mehr habe ich nicht. Du bist mein Gast und kannst kommen und gehen, wann du willst. Im Kühlschrank findest du immer Bier, Softdrinks und ein paar Snacks. Fühle dich ganz wie zu Hause.“ Timo nickte schmunzelnd. „Ich arbeite erst seit einem Jahr in der Firma und die erste Zeit müssen wir jungen Angestellten sehr viel arbeiten. Manchmal komme ich deswegen nicht mehr nach Hause und schlafe kurz in einem Manga-Shop oder im Karaokezimmer. Das ist normal, das machen viele so, weil es am billigsten ist.“ Das passte Timo gut. Wahrscheinlich war er abends ebenfalls lange unterwegs. Er hatte keine Verpflichtungen mehr, und die letzten Nächte in Tokio zu verbringen war eine gute Idee gewesen. Morgens könnte er ins Futon kriechen und den Tag verschlafen.

„Klar, das wird bestimmt klappen“, bekräftigte Timo mit einem Grinsen.“ Ich komme schon ganz gut allein zurecht.“

„Wenn du Lust hast, können wir nachher um den Block laufen und ich zeige dir, wo du einkaufen kannst. Eine Post haben wir und hinter dem Bahnhof ist ein 24-Stunden-Laden, wo du immer alles kriegst.“ Timo betrachtete Takahashi, wie der in Harmonie mit sich und dem vollgepackten Zimmer beim Reden die Lippen bewegte, ab und zu ruhig an der Zigarette zog, den Rauch wie einen Faden langsam gegen die niedrige Zimmerdecke blies, einen Augenblick wartete, die Asche abklopfte und die Zigarette wieder fast unschlüssig zu den Lippen führte.

Bei Taemin war immer alles so hektisch gewesen. Beide waren etwa im gleichen Alter und doch so unterschiedlich. Für ein, zwei Tage würde er dicht neben einem fremden Mann schlafen und er wunderte sich, dass er darüber nicht erschrak. Es war für ihn vollkommen in Ordnung. Er war Ayumis Bruder.

„Ich muss dich jetzt leider verlassen, denn ich muss zurück zur Firma. Heute wird es wieder ordentlich spät werden, aber morgen früh komme ich vorbei. Mache also, was du willst. Meine Schwester hätte dich gern heute Abend getroffen, aber sie muss zu ihrer Tante ins Krankenhaus." Takahashi begann sich in einer Ecke von Timo abgewendet umzuziehen. „Sorry, ich habe nur das eine Zimmer. Geht schnell. Ich hoffe, das stört dich nicht." Timo ließ sich nicht aus der Ruhe bringen und angelte nach seiner Zigarette. Während er sie anzündete und zu rauchen begann, erkundigte sich Timo nach Takahashis Arbeit.

„Ich arbeite in einer Handelsfirma. Wir verkaufen Maschinen und Anlagen nach Südostasien. Ich bin für Thailand zuständig. Es ist sehr interessant, aber an meinem English muss ich noch arbeiten. Gut, dass du hier bist, du hast freie Logie für meine Englischstunden mit dir."

Als Takahashi fertig angezogen war und sich vor dem kleinen Spiegel über dem Kühlschrank zurechtgemacht hatte, sah er wirklich wie ein Büroangestellter aus: Weißes Hemd mit hellblauer Krawatte, dunkelblauer Anzug und gekämmte Haare, die ihm lässig bis fast in die Augen reichten. Timo brachte seinen neuen Freund bis nach draußen auf die Eisentreppe. Sie gaben sich die Hand und Takahashi verschwand mit einem

„Bis morgen früh um sechs, verlebe einen schönen ersten Abend in meinem Zimmer und eine tolle Nacht!“

Zum Ausgehen hatte Timo keine Lust. Der Tod des Zahnarztes steckte immer noch in seinen Knochen. Er streckte sich auf dem Futon aus, legte sich auf den Rücken und verschränkte die Hände im Nacken. In Gedanken an Cocktailpartys, Sex mit Olivia, Lügen, Überfälle mit Taemin, aber mit der Gewissheit, heute einen Freund gefunden zu haben, der bestimmt niemanden ausrauben würde, schlief er unruhig ein.

Timo hörte die Wohnungstüre knarren. Er war schon seit einer halben Stunde wach. Es war kurz nach sechs am Morgen. Der Himmel lag wie Blei über Tokio, und die Sonne ließ sich noch etwas Zeit. Er hatte wach sein wollen, wenn Takahashi nach Hause kam.

Die erste Nacht in Takahashis Rumpelkammer war nicht erholsam gewesen. Er hatte unruhig geträumt. Was es war, wusste er nicht mehr. In der Nacht war er zwei Mal aufgestanden, hatte aus dem Wasserhahn getrunken und war erneut eingedöst, bis ihn der gleiche Traum wieder überfiel. Es war etwas Wichtiges gewesen. Dessen war er sich sicher. Nur was, das wollte ihm nicht mehr einfallen, und er zermarterte sich sein Gehirn. Als Takahashi das Zimmer betrat, richtete er sich auf und rieb sich die Augen.

„Hi, guten Morgen Takahashi, bis wielange musstet ihr denn gestern Arbeiten?“

Timo lächelte verschlafen, schälte sich aus den Decken und setzte sich im Schneidersitz hin. Er hatte nur seine bunten zerknitterten Boxershorts an, nicht mehr wirklich sauber. Takahashi wollte seine Jacke aufhängen und bemerkte, dass der Haken mit einem Bügel besetzt war und daran ein Smoking hing.

„Mann, was ist denn das? Wo hast du den denn her?", fragte er verblüfft. Timo hatte sich gar nichts dabei gedacht, als er ihn gestern Abend aufgehängt hatte. Er wollte nur, dass sein bestes Stück keine Falten bekam. Der Smoking war wie ein Erbstück aus einer untergegangenen Epoche.

„Der ist eine Erinnerung an meine Verflossene und ihre geile Welt." Takahashi schaute ihn ernst an und setzte sich zu ihm auf den Futon.

„Du hattest eine Freundin? Und wo ist sie jetzt?" Timo suchte sich eine Zigarette, steckte sie sich kalt zwischen die Lippen und lachte dumpf. „In Seattle." Takahashi schaute ihn mit großen Augen an. „Ich glaube Ayumi hat mir von ihr erzählt, ihr wart viel zusammen. Sie war wohl eine Schönheit. Hast du sie geliebt?" Was für eine Frage. Timo durchfuhr es wie Eiswasser auf glühendem Eisen.

„Nein, bestimmt nicht. Ehrlich, Takahashi, ich glaub', ich weiß nicht einmal, was Liebe ist. Kann das sein? Weißt du, was Liebe ist? Ich meine nicht Sex und küssen und nur so rummachen. Ich meine nicht sowas Romantisches oder so 'n Kitsch unterm rosa Abendhimmel. Verknallt sein und lieben ist nicht das Gleiche, denke ich mal. Es muss noch was anderes sein. Nur was?" Er stützte das Kinn in beide Hände. „Takahashi, ich denk', sich verlieben passiert dauernd. Aber einen echt lieben?"

Nach einer Pause fuhr er fort: „Ich liebe Judo, das ist aber eine andere Liebe. Für Judo mache ich alles, wirklich alles. Doch das reicht nicht. Für die Liebe brauche ich was Lebendiges. Ich wäre gern mit jemandem fest zusammen, und es müsste mehr sein als nur Freundschaft. Eben irgendetwas total anderes, was von Herzen kommt." Er stockte. „Ich weiß nicht, wie ich's sagen soll. Vielleicht sowas, wie ein Flächenbrand. Nennt man das dann Liebe?" Takahashi hatte begonnen, während Timo sprach, sich seiner Arbeitskleidung zu entledigen. „Eigentlich liebte ich nur das Leben mit Olivia. Weiß du, ein Leben in Luxus. Sie selbst eher weniger oder vielleicht gar nicht, je nachdem, wie man Liebe definiert." Er war heiser geworden. „Und sie hat mich ganz sicher auch nicht geliebt, ich war nur ihr Spielzeug. Verstehst du, was ich meine? Es war alles nur Spiel. So ein Leben lieben ist bestimmt nicht die wahre Liebe, oder?"

„Es ist erst früh am Morgen und schon philosophische Gedanken." Takahashis warme Stimme durchzog den Raum, wie der Duft von Räucherstäbchen. „Du hast recht, ich weiß auch nicht, was wahre Liebe ist. Ich habe eine Freundin, aber ich denke immer, das ist auch nur wie ein Spiel. Komm! Wir essen etwas. Vorher will ich noch duschen. Schau dir solange was im Fernsehen an, wenn du magst."

Takahashi hatte sich bis auf seine Boxershorts ausgezogen. Er streifte sie ebenfalls ab, warf sie in einen Einkaufskorb von irgendeinem Supermarkt, der voll mit schmutziger Wäsche war, und tappte zur Duschkabine neben der Küchenecke.

Timo musste zuerst einige Kartons mit Modezeitschriften, Mangas und Taschenbüchern umstapeln, ehe er an den altmodischen Transistorfernsehapparat herankam. Das Bild war schlecht und über was gelacht wurde, verstand er nicht.

Wasser rauschte.

Timo dachte an seinen neuen Freund, der mit ihm so offen war, als wären sie schon immer zusammen gewesen, und er war froh, bei ihm eingezogen zu sein. Fast wäre er wieder eingeschlafen, wenn nicht das beruhigende Rauschen des Wassers auf einmal verstummt wäre. Takahashi kam aus der Dusche und zog sich einen Yukata über. Er bereitete Toast vor, worauf er Marmelade strich, Scheibenkäse und eine Ananasscheibe legte, und er rührte Nescafé für beide an. Dazu gab es zwei Schalen mit Pudding, die er unterwegs gekauft hatte. Sie setzten sich auf den Boden und verzehrten ihr Frühstück.

„Danke, dass du mich aufgenommen hast. Es ist voll lustig hier bei dir. Beinahe wie beim Camping. Ich mag das. Ich denk' mal, in paar Tagen bin ich weg und du hast deinen Kleiderschrank wieder für dich."

„Du kannst gerne länger bleiben, du störst mich nicht. Und Ayumi wäre bestimmt auch froh, wenn du noch etwas bleibst, glaube ich. Heute Abend kommt sie gegen achtzehn Uhr hierher. Ich denke, sie will hier etwas für dich vorbereiten, denn sie kocht gerne. Dort in dem blauen Karton ist ein kleiner Gaskocher, den hole nachher raus und mache ihn auch etwas sauber. Eine passende Gasbombe bringt sie mit."

„Bist du dann auch da?"

„Nein, ich treffe mich am Abend mit ein paar Kollegen. Wir wollen Bowling spielen gehen und danach geht's ab zum Trinken. Vor Mitternacht bin ich bestimmt nicht zurück, eher so gegen Zwei oder Drei."

„Und am nächsten Morgen gehst du dann wieder zur Arbeit?"

„Na, was denkst du denn?"

Kugelmenschen

Als es kurz vor achtzehn Uhr klingelte, hatte Timo das Zimmer gefegt, den Gaskocher geputzt, dass er nur so glänzte, und den niedrigen Tisch bevölkerten zwei frisch abgewaschene Gläser und zwei große Schalen, auf denen eine schön gefaltete Serviette lag. Ayumi strahlte über ihr ganzes Gesicht, als sie das Zimmer betrat und das Arrangement sah. Im Arm hielt sie eine riesige Tüte.

„Was hast du denn da alles angeschleppt?", forschte Timo mit einem Grinsen nach", als sie Päckchen mit Pilzen, Chinakohl, Zwiebeln, Glasnudeln, Tofu und in dünne Scheiben geschnittenes Rindfleisch auspackte, sowie vier rohe Eier.

„Heute gibt es Sukiyaki," erklärte Ayumi. „Es ist eigentlich ein Essen für den Winter, aber ich hatte einfach Lust dazu." Geschäftig wühlte sie in den aufgestapelten Kartons, bis sie einen flachen gusseisernen Topf herauszog. Es dauerte nicht lange. bis beide sich mit Stäbchen über das im Topf brodelnde Sukiyaki hermachten. Timo hatte die zwei Gläser mit Bier gefüllt, und sie stießen auf den Sukiyaki-Abend an.

„Erinnerst du dich?", fragte Timo als er sich gerade eine Scheibe vom Rindfleisch geangelt hatte. „Als wir uns letztes Mal trafen, habe ich dich gefragt, warum bietest du mir einfach so an, bei deinem Bruder zu wohnen. Ich war doch ein vollkommen Unbekannter für dich, bis auf die paar Mal, wo wir uns im Büro getroffen haben."

Timo schob das Stück Rindfleisch in seinen Mund. Es schmeckte wunderbar. „Du hast geantwortet: Warum, das sage ich dir später. Kannst du es mir bitte heute sagen?"

Ayumi hörte mit dem Essen auf, legte die Stäbchen beiseite, setzte sich kerzengrade auf ihre Versen und nahm einen winzigen Schluck Bier. Ihr Blick wurde ernst.

„Also gut, Timo, hör zu! Das ist meine Philosophie, aber bitte lache nicht. Ich habe einmal gelesen," fuhr sie ernst fort, „dass die Menschen ursprünglich die Gestalt einer Kugel hatten. Nicht nur das. Sie hatten vier Hände und vier Füße und zwei Gesichter, die in die entgegengesetzte Richtung blickten. Die Kugelmenschen konnten also nach vorne und nach hinten sehen."

Zuerst dachte Timo, Ayumi wollte ihm zum Essen eine lustige Geschichte auftischen, aber dem war wohl nicht so, denn ihr Gesichtsausdruck blieb ernst.

„Diese Kugelmenschen hatten eine männliche und eine weibliche Seite und waren kräftig und wagemutig. Die Götter begannen, sich vor ihnen zu fürchten und Zeus, der oberste Gott, entschied sie zu zerschneiden, damit sie den Göttern nicht gefährlich werden könnten."

Ayumi hielt einen Augenblick inne, ergriff mit ihren Stäbchen ein Stück Tofu und schob es langsam in den Mund. Timo wusste nicht, was er aus der Geschichte machen sollte.

Sie war die ganze Zeit ernst geblieben; etwas musste doch hinter der Geschichte stecken.

„Und, was geschah mit den Kugelmenschen, nachdem sie zerschnitten waren?"

„Die Hälften sind die heutigen zweibeinigen Menschen. Als Zeus sie getrennt hatte, zerstreute er sie über die ganze Welt, sodass sie sich nicht mehr finden konnten. Ich glaube, er war eifersüchtig auf sie. Jedenfalls, seitdem sehnt sich jeder Mensch, ob Mann oder Frau, nach der anderen Hälfte, nach einer Umarmung, nach Verschmelzung. Jeder sucht seine Ganzheit und die findet er nur, wenn er sich mit einem ganz bestimmten Menschen vereinigt: Nämlich mit seiner verlorengegangenen Hälfte."

Ayumi machte eine Pause, damit Timo mitkam. Er ahnte, was Ayumi mit der Geschichte sagen wollte und fühlte zum ersten Mal in seinem Leben die Schmetterlinge im Bauch, über die er schon oft gehört hatte, aber für absoluten Quatsch hielt. Er steckte sich nachdenklich einen von den Pilzen in den Mund. Er wollte etwas sagen, aber fand in seiner Erregung keine passenden Worte.

„Beide Hälften sind total deckungsgleich", fuhr Ayumi fort, „entsprechen sich und ziehen sich deswegen unweigerlich an. Normalerweise findet man zu Lebzeiten nie seine andere Hälfte. Das ist bei fast acht Milliarden Menschen beinahe ausgeschlossen, und die sind noch über fünf Kontinente verteilt." Ayumi hielt für einen Augenblickt inne und es vergingen einige stille Sekunden, ehe sie weitersprach. „Man muss sich damit abfinden und, so gut wie es geht, mit seinem Partner auskommen, auch wenn der nicht perfekt ist. Viele denken, sie hätten die andere Hälfte gefunden, aber das stimmt fast nie. Schließlich gibt es bald Ärger und Trennung." Sie schwieg wieder für einen Moment, fischte sich Glasnudeln aus dem Topf, ehe sie Timo tief in die Augen sah und dabei errötete.

„Weißt du, Timo, Ich habe meine zweite Hälfte gefunden. Das wusste ich in dem Augenblick, als ich dich vor Monaten ins Büro kommen sah. Es war mir einfach klar, glasklar, du bist meine zweite Hälfte! Verstehst du, was ich meine? Das war ein Wunder." Timo nickte ergriffen, sein Herz begann schneller zu schlagen.

Ayumi beugte sich über den Tisch und gab ihm einen flüchtigen Kuss auf die Wange, ehe sie fortfuhr. „Das fühlt man sofort. Es ist wie ein Magnet, der einen zu seiner anderen Hälfte hinzieht. Es ist natürlich kein normaler Magnet. Es ist allein die Kraft der Liebe und der Sehnsucht nach Vereinigung, der man nicht entrinnen kann, wie sehr man sich auch dagegen sträubt. Deswegen musste ich einfach zum Shinjuku-Bahnhof kommen und mich neben dich setzen und dich ansprechen. Ich konnte einfach nicht anders. Es war deine Anziehungskraft. Und ich tat es gerne. Ich hatte keine Furcht, dich anzusprechen, weil wir ja zusammengehören." Timo verstand nicht alles, aber er fühlte den Kuss auf seiner Wange.

„Ich war am Anfang nicht so nett zu dir, Ayumi", flüsterte er mit belegter Stimme. Ayumi lachte und griff mit den Stäbchen nach einem großen Stück Rindfleisch.

„Macht doch nichts, Timo. Ich war immerhin zuerst eine Fremde für dich. Und auch ich wollte lange nicht daran glauben. Aber dann hat es mich übermannt."

„Also, und das mit der anderen Hälfte", wagte sich Timo vor, „bin ich nun deine andere Hälfte? Mit dir deckungsgleich?" Timo hoffte, dass das, was er verstanden hatte, auch das war, was sie gesagt hatte: dass sie ihn liebte, obwohl er es nicht so einfach glauben konnte.

„Ja, das denke ich. Zu jedem Menschen gehört nun einmal seine zweite Hälfte. Das ist das Geheimnis. Ob ich deine bin, musst du selbst spüren.“ Ayumi schmunzelte. „Ich weiß nur ganz sicher, dass du meine bist!“ Ayumi legte die Essstäbchen parallel auf die Stäbchenablage, so als wollte sie damit das eben Gesagte bestätigen.

Timo musste innerlich zugeben, dass es etwas an Ayumi gab, das ihn anzog.

Er fand die Vorstellung spannend, dass er jemanden gefunden hatte, der seine zweite Hälfte war. War das die Liebe? Er fühlte Erregung aufkommen. Jemand liebte ihn. Ayumi liebte ihn! Er wusste plötzlich nicht mehr ein noch aus, er brauchte eine Pause, um sich über das klar zu werden, was er gehört hatte. Er schob die Essschale beiseite, trommelte mit den Fingerkuppeln an die Stirn, holte unbeabsichtigt eine seiner Zigaretten hervor und begann zu rauchen. Um ihm flimmerte alles, wie heißer Asphalt in brennender Sonne.

„Entschuldige Ayumi.“ Timo war rot geworden, tastete, suchte hastig nach einem Aschenbecher, um die Zigarette zu löschen, aber Ayumi hielt ihn davon ab.

„Mein Bruder raucht auch und das ganze Zimmer hier stinkt schon danach, rauche ruhig, es stört mich nicht. Aber nichtrauchen ist auch eine Option“, lächelte Ayumi,

„Das ist eine schöne Geschichte, woher hast du sie?“ Timo hatte einen Aschenbecher gefunden und löschte eilig die Zigarette.

„Ich habe gehört, dass Platon sie bei einer Party seinen Gästen erzählt hat. Also vor ewig langer Zeit.“ Ein Lächeln huschte über ihr Gesicht.

„Aber den genauen Zusammenhang weiß ich auch nicht. Zuerst habe ich nicht daran geglaubt, aber als ich dich ins Büro kommen sah und du dich schüchtern und zugleich so selbstbewusst nach dem Stundenplan erkundigt hast, da wusste ich, dass die Geschichte wahr ist."

„Aber wie ist es möglich, dass ich nicht das gleiche gefühlt habe, als ich dich zum ersten Mal sah?"

„Du warst zu viel mit Olivia beschäftigt und mit Taemin und hast nicht mehr nach links oder rechts blicken können. Ihr Jungs seid oft nicht so sensibel, wie wir Mädchen. Ihr habt dauernd große Sachen im Kopf und vergesst, was um euch abgeht, was wichtig ist." Timo wusste, da hatte sie recht.

„Ich hätte Lust, noch mehr von dir zu hören." Timos Stimme war weich geworden und er zog Ayumi zum Futon. Er wollte die Magie der Kugelmenschen noch etwas länger festhalten, noch etwas mehr von diesem Abend haben.

Erst kurz nach Mitternacht verließ Ayumi das Apartment. Timo ging die Geschichte von den Kugelmenschen nicht aus dem Sinn, er lag noch lange wach. Er glaubte, das Rätsel, das hinter Ayumis immer freundlichem Lachen lag, gelöst zu haben. Lauter wirres Zeug ging ihm durch den Kopf, ehe er endlich einschlief.

Butterfly-Messer

Als Timo am nächsten Morgen erwachte, war der Futon neben ihm leer. Seine Armbanduhr zeigte 8:46, Takahashi war also schon weg zur Arbeit. Auf dem Tisch lag ein Zettel.

‚Guten Morgen Timo. Wie war das Sukiyaki-Essen gestern mit meiner Schwester. Ich hoffe, es hat dir etwas geschmeckt. Heute bin ich gegen einundzwanzig Uhr zurück. Wenn du Lust hast, treffen wir uns dann.'

In Timos Kopf schwärmten immer noch zerschnittene Kugelmenschen umher, die verzweifelt ihre zweite Hälfte suchten. Wenn das wahr war, hatte er seine zweite Hälfte gefunden, ohne nach ihr gesucht zu haben. Aber so ganz sicher war er sich nicht, dass er wirklich ihre zweite Hälfte war. Es kam alles zu überraschend für ihn. Und wenn es doch nur eine Witzgeschichte gewesen war?

Für den Tag hatte er ein volles Programm. Er verließ die Wohnung mit seiner Judotasche voll mit schmutziger Wäsche. Sein Ziel war das Studentenheim. Dort gab es eine Waschmaschine und Waschpulver. Bei Takahashi hatte er keines gefunden und dessen kleine Waschmaschine brauchte selbst eine Wäsche. Im Heim hatte er eine E-Mail-Adresse und einen Korb für analoge Nachrichten. Bei seinem nächtlichen Abgang hatte er einige Notizen vom Unterricht vergessen, die er nicht missen wollte.

Zum Glück fand er sie in seinem Korb, zusammen mit seinen Socken und zwei Mangaheften. Er dachte daran, seiner Mutter vom Computer eine Nachricht zu senden, seine Finger schwebten schon über den Tasten, er ließ es jedoch. Seine Erklärung würde zu lang und zu kompliziert werden und sein Inneres war nicht aufgeräumt. Es gab da nämlich Ayumi mit ihren zerschnittenen Kugelmenschen!

Das Zimmer, in dem er fast fünf Monate gelebt hatte, war schon von seinem Nachfolger aus der Judoschule besetzt. Das Namensschild wies ihn als Maximilian Weidmann aus. Angeblich ein 195 cm Judoka aus Österreich. Wie der wohl mit Nakai-Sensei zurechtkommt, überlegte Timo wehmütig. Nach kurzem Zögern klopfte er bei ihm an und als keine Antwort kam, versuchte er die Tür zu öffnen, doch sie war abgeschlossen. Zu gern hätte er sein Zimmer noch einmal gesehen, wo sein Leben in Japan angefangen und er oft nächtelang über die verrückten Koans seines Lehrers gebrütet hatte. Sehnsucht nach dem Dojo überkam ihn und seinen Lehrer Nakai-Sensei.

Von den Studenten war keiner zu Hause, was er bedauerte, da er sich noch einmal von ihnen verabschieden wollte. Auch Kenji war nicht auf seinem Zimmer, obwohl er oft die ersten Stunden in der Universität verschlief. Er wartete, bis die Wäsche fertig war, aber niemand kam.

Als nächstes stand die Sprachschule auf seinem Programm. Sein Semester war noch nicht beendet, aber so richtige Lust, die letzten Stunden noch abzusitzen, hatte er in seiner Verfassung nicht, aber er würde dort Ayumi treffen. Und das Treffen konnte er kaum noch erwarten.

Ihr Lächeln zeigte ihm, dass sie sich freute, ihn zu sehen, als er durch die Tür kam. Und ihm schlug das Herz, als wollte es ihn erschlagen.

„Guten Morgen, Herr Feldmann. Haben Sie heute keinen Unterricht?“ Ohne seine Antwort abzuwarten verschwand sie in der Teeküche und brachte einen Becher Tee. „Bitte, Herr Feldmann, vorsichtig – der Tee ist sehr heiß.“ Timo erwiderte den Gruß, nahm sich Taemins leeren Stuhl und schob ihn an Ayumis Tisch.

„Hast du schon vergessen, Ayumi, wir sind doch per du. Das gefällt mir viel besser, als das ewige Herr Feldmann. Und außerdem sind wir ja unter uns und dein Boss Taemin ist ja nicht da.“

„Es ist halt Gewohnheit und wir sollen in der Schule höflich sein.“ Ehe Timo auf die Kugelmenschen zu sprechen kommen konnte, weswegen er gekommen war, fragte Ayumi, ob er denn nichts von Taemin wüsste. Der hatte sich doch so plötzlich Ferien genommen, von einem Tag auf den anderen, was bei ihm noch nie vorgekommen war und sie machte sich Sorgen, dass in Wahrheit etwas passiert sei. „Sie beide waren so enge Freunde und haben immer zusammengesteckt und über wichtige Sachen gesprochen.“ Dabei lächelte sie ihn so freundlich an, dass er beinahe dahingeschmolzen wäre.

„Hast du etwa gelauscht?“, fragte er lachend und verbarg dabei sein Erschrecken.

„Nein, bestimmt nicht, Herr Feldmann, das würde ich nie tun. Wissen Sie wirklich nicht, wo Ihr Freund ist? Es ist ihm doch hoffentlich nichts passiert.“ Timo zuckte mit den Schultern.

„Ich denke mal nicht. Und sage bitte Timo zu mir. Vielleicht ist jemand plötzlich aus seiner Verwandtschaft gestorben und er musste eilig dorthin.“

Timo bekam einen Schreck, dass er das Wort *gestorben* instinktiv benutzt hatte. Er fasste sich aber sofort wieder.

„Ich habe seine Adresse und ich kann ja heute mal vorbeigehen. Vielleicht kann ich etwas von seinen Eltern erfahren. Wenn ich etwas in Erfahrung bringe, werde ich es dir sagen“, versprach er ihr.

„Sie waren ein guter Freund von ihm, Herr Feldmann, eh, … Timo“, flüsterte sie. Einen besseren konnte sich Taemin gar nicht wünschen.“ Vielleicht war es eher umgekehrt, überlegte Timo.

„Mir hat deine Geschichte von den Kugelmenschen gestern sehr gut gefallen“, begann Timo, „und dass sich alle Menschen nach ihrer zweiten Hälfte sehnen, aber nur ganz wenige das Glück haben, auf sie zu treffen. Ich habe lange darüber nachgedacht und was das für uns zwei zu bedeuten hat. Ich konnte nicht einschlafen und habe deswegen heute den Unterricht verschlafen. Ich denke immer noch daran.“

„Ach Timo, das war nur so eine Geschichte. Ich habe sie mir einfach ausgedacht. Es war mehr ein Spaß.“ Dabei lachte sie laut und hielt sich ihre Hand vor den Mund. „Eigentlich habe ich nur so einen Unsinn geredet, weil ich Sie etwas mag, sonst gar nichts.“

„Ich dich auch.“ Und nun waren beide leicht errötet. „Heute Abend kommt dein Bruder so gegen einundzwanzig Uhr, kommst du auch?“

„Nein, ich werde es nicht schaffen, ich muss wieder zu meiner Tante ins Krankenhaus. Einer von der Familie muss auch nachts immer anwesend sein. Das ist Sitte in Japan.“

„Schade.“ In die Stille, die plötzlich eintrat, rief der Schulleiter durch die Tür Ayumi zu sich ins Zimmer.

„Ich komme nachher noch einmal vorbei, bis dann, bye bye,“ konnte Timo noch flüstern und ihr einen flüchtigen Kuss auf ihren Mund geben, ehe sie im Zimmer verschwand.

In einer Megametropole von über zwölf Millionen Menschen ohne Straßennamen und Häusernummern war es nicht leicht, jemanden ausfindig zu machen. Auch dann nicht, wenn man die Adresse schriftlich hatte. Das erlebte Timo nun am eigenen Leib. Nach ewigem Herumgefrage, verwirrenden Antworten und Irrwegen, erreichte er verschwitzt und abgekämpft ein einstöckiges hölzernes Haus. Das Namensschild konnte er nicht lesen. Eine Klingel gab es nicht, also klopfte er. Es dauerte ewig, ehe die Tür geöffnet wurde und eine ältere Frau mit krausem schwarzem Haar ihr faltiges Gesicht durch den Türspalt steckte.

Timo wusste nicht, was er sagen sollte, brachte erst einmal nur einen „Guten Tag“ hervor. Zu seiner Erleichterung breitete sich nach einigem Anstarren ein freundliches Lächeln auf dem Gesicht der Frau aus, das alle Falten glättete.

Er war gerettet. Sie sperrte die Tür für ihn weit auf und verbeugte sich tief. Das war bestimmt Taemins Mutter.

„Sie sind sicher der Timo, der Freund meines Sohnes. Er hat mir viel von Ihnen erzählt. Kommen Sie doch bitte herein." Sie sprach japanisch mit einem Akzent und es war schwierig für Timo, sie zu verstehen. Die Frau ließ ihn ins Haus, schloss die Tür und führte ihn in einen kleinen, niedrigen Raum, der mit einem schwarzen durchgesessenen Ledersofa und zwei dazugehörigen Sesseln um einen niedrigen Holztisch zugestellt war. Es roch nach verbranntem Kaffee und Knoblauch. Ob ich lieber meine Mütze abnehmen sollte, überlegte er für einen Augenblick, ließ es aber bleiben, denn sie war schon zu einem Teil von ihm geworden.

Die Frau bat ihn, sich hinzusetzen. Alles war eng und düster und irgendwie chaotisch. Die Wände waren vollgestellt mit Schränken und Regalen, außer an der Seite, bei der sich ein verhängtes Fenster befand. Darüber hing ein rechteckiges Bild mit chinesischen Schriftzeichen. An der Decke summten zwei eingestaubte Neonröhren vor sich hin und verbreiteten blässliches Licht. In einer Ecke erblickte er den Baseballschläger, den Taemin zu ihrem ersten Überfall mitgebracht hatte. Daneben thronte ein riesiger Fernseher.

Taemins Mutter brachte Tee und stellte eine Schale mit Peanuts auf den Tisch, während sie ununterbrochen redete. Timo verstand fast nichts. Er kapierte nur, dass sie sich um ihren Sohn Sorgen machte, der in letzter Zeit nach seiner Arbeit in der Sprachschule noch oft nachts gearbeitet hatte.

„Dabei ist es doch so gefährlich“, fügte sie mit dünner Stimme hinzu. „Man liest darüber so viel in der Zeitung, mit all den Überfällen nachts.“ Sie zeigte mit Stolz auf den Fernseher. „Den hat er mir geschenkt, mein lieber Sohn. Dafür hat er oft neben seinem Job noch extra bis in die Nacht geschuftet“

„Wohin ist Taemin gefahren?“, erkundigte sich Timo, als dessen Mutter einmal Luft holen musste. Sie schüttelte den Kopf.

„Ist er nicht in Südjapan?“ Wieder Kopfschütteln. Sie wusste nichts oder wollte nichts sagen. Ihr Gesicht blieb verriegelt, wie ein eisernes Tor. „In der Schule hat er gesagt, er nimmt sich eine Woche Ferien. Kommt er also nächste Woche wieder zurück an die Schule?“ Taemins Mutter blickte ihn verständnislos an, wahrscheinlich hatte sie ihn nicht verstanden. Er kam nicht weiter. Sie lächelte nur, sprach wieder etwas von viel Geld, wobei sie sich eindeutig freute.

„Taemin ist ein tüchtiger Junge, sein Vater wäre bestimmt stolz auf ihn.“ Noch etwas erwähnte sie, was er wieder nicht verstand. Er hörte nur heraus, dass Taemins Vater die Familie verlassen hatte. Scheiß Väter, dachte er. Er hätte am liebsten ausgespuckt wie Taemin es in solch einer Situation bestimmt gemacht hätte.

„Sie sind ein Judoka, nicht wahr? Mein Sohn hat mir erzählt, wie Sie Leute ohne große Anstrengung auf den Boden werfen können. Er hat es gesehen, wenn Sie abends zusammen waren und bewundert Sie.“ Hatte er sich verhört oder etwas nicht richtig verstanden? Hatte Taemin etwa seiner Mutter von den nächtlichen Überfällen berichtet? Aber das konnte er nicht glauben.

„Das ist nichts Besonderes“, stotterte er. Taemins Mutter stand lächelnd auf, nahm aus einem Schrank ein schmales, in Zeitungspapier eingewickeltes Päckchen und schob es langsam über den Tisch zu Timo.

„Für Sie! Von meinem Sohn. Ein Andenken an die Zeit mit ihm. Er sagte mir, Sie kommen bestimmt hierher, dann sollte ich es Ihnen geben. Sie sollten möglichst schnell nach Deutschland zurückkehren, meinte er. Ihr beide trefft euch bestimmt wieder, das verspricht Ihnen mein Sohn. Und später macht ihr beide wieder gemeinsame Sache, hat er gesagt. Nur im Augenblick geht es nicht.“

Wieder gemeinsame Sache machen? Für Timo waren gemeinsame Sachen nach dem Tod des Zahnarztes keine Option mehr. Etwa für Taemin? Timo trank einen Schluck Tee, während Taemins Mutter weitersprach, nahm sich einige Peanuts, bedankte sich und verabschiedete sich als ihr Redefluss einmal stockte und verließ den düsteren Raum und das Haus.

Er wunderte sich über Taemin. Offenbar war er doch kein so schlechter Typ. Er hatte schließlich seiner Mutter von den Überfällen einen Fernseher gekauft, und sie war stolz auf ihren Sohn. Ob sie ahnte, ob sie wusste, woher ihr Sohn das Geld dafür hatte?

Sofort erkannte Timo, was in dem schmalen Päckchen war, als Taemins Mutter es ihm überreichte. Es gab nur eins, was sein Freund ihm geben würde als Dank für die überlassene Rolex. Ein Geschenk ohne Gegengeschenk war in Japan nicht möglich. Er wusste, wie wertvoll das Stück für Taemin war.

Sein Vater hatte es ihm mit den Worten: „Damit du etwas hast, mein Sohn, wenn du dich einmal verteidigen musst“ zu seinem zehnten Geburtstag geschenkt. Das hatte er ihm mehrere Male mit Stolz erzählt. „Es ist mein Talisman.“ Nun besaß es Timo.

Während er zum Bahnhof ging, riss er das Zeitungspapier Lage um Lage ab und ließ große und kleine Fetzen auf den Weg segeln, als wollte er für seinen Freund eine Schnitzeljagd veranstalten. Einfach so verlieren wollte er ihn trotz allem nicht.

Als die letzten Fetzen im Bahnhof auf den Bahnsteig segelten, hatte er es endlich herausgeschält: Taemins Butterfly-Messer. Es lag leicht in seiner Hand. Er öffnete Griff und Messer mit einer kreisenden Bewegung, wie sein Kumpel es immer getan hatte, und fühlte mit dem Daumen die scharfe Klinge. Er versuchte mit mäßigem Erfolg, das Messer beim Herumwirbeln zu öffnen.

Einmal hatte es Taemin tatsächlich benutzt, als er es dem Arzt in den Rücken gestoßen hatte, um seinem Kumpel zu helfen. Er hielt für einen Augenblick inne. Das war inzwischen alles Schnee von gestern. Jedoch nicht ganz, das Messer lag real in seiner Hand und würde ihn von nun an begleiten. Und ihn stets an den dunkelsten Tag in seinem Leben erinnern, bis zu seinem Tod.

Er probierte wieder einige Male das Butterfly-Messer mit der kreisenden Bewegung zu öffnen, während er auf den Zug wartete. Es gelang ihm nicht so gut wie seinem Kumpel. Schließlich klappte er das Messer zusammen und steckte es in seine Jeanstasche. Er fühlte, er würde nie wieder mit Taemin zusammentreffen. Er seufzte und war damit zufrieden.

Auf dem Weg zu seinem nächsten Ziel, einem Reisebüro, das für Schüler der Sprachschule die Heimreise oder Studienfahrten nach Ostasien organisierte, nahm er aus Gewohnheit aus einer Hotellobby ein Wall Street Journal und die Financial Times mit. Nachdem er bei Olivias Vater in dessen Schreibtisch etwas über Wirtschaft gefunden hatte, war er von diesem Thema nicht mehr losgekommen und hatte sich über den BWL Master-Studiengang und Aufstiegsmöglichkeiten in der Wirtschaft informiert.

Das Reisebüro hatte ein verlockendes Sonderangebot: einen günstigen Direktflug nach Frankfurt in zwei Tagen, ermäßigte Businessklasse. Noch drei Plätze waren frei! Er dachte an Taemin und seinen Rat, schnellstmöglich zu verschwinden. Das passte, und das Japanabenteuer wäre abgeschlossen. Nach einigem Überlegen, entschied er sich erst einmal dagegen. Ihm war nicht danach. Nicht nur, weil er ohne schwarzen Gürtel zurückkehren würde. Als eine Angestellte ihm ein anderes Sonderangebot vorlegte: Kurzurlaub für zwei Personen von Freitagabend bis Sonntagabend auf der Tokio vorgelagerten Insel Hachijojima, da wusste er, dass er zugreifen musste. Der Preis war günstig, Fähre, Hotel und Vollpension eingeschlossen.

Als er wieder auf die Straße trat, waren die Wolken verschwunden, die den Vormittag getrübt hatten. Vom nun zartblauen Himmel strahlte die Sonne und wärmte sein Gesicht, als hätte sie jemand extra für ihn angeknipst.

Ein Flugzeug ganz oben hinterließ einen langen Kondensstreifen.

„Es wird ein super Tag", murmelte er, „der Sommer ist noch lange nicht vorbei!" Zwischen all den Leuten im energiegeladenen Tokio fühlte er sich großartig. Er konnte sich an dem bunten Treiben gar nicht satt genug sehen, kaufte ein Eis, summte den Ohrwurm „Can You Celebrate" von der Amuro und spielte mit einer leeren Zigarettenschachtel so lange Fußball, bis sie sich in Fetzen auflöste.

Timo war wieder im Rummelplatz seines Lebens angekommen, in Japan, dem Judo-Land. Es würde alles irgendwie gut werden, das fühlte er. Am liebsten hätte er alles um sich herum in seinen Rucksack gesteckt, um die damit verbundenen Gefühle bei Regenwetter wieder auszupacken. Nein, mit Japan hatte er noch nicht abgeschlossen. Da war etwas, was ihn festhielt und nicht loslassen wollte. Er lüftete kurz seine Mütze. Dass ich noch nicht losfliege, das hat allein Ayumi geschafft. Sein Herz schlug Purzelbäume. Er beeilte sich, zur Sprachschule zurückzukehren, denn dort wartete Ayumi auf ihn. Es wurde ein kurzes Treffen, ehe sie zu ihrer Tante ins Krankenhaus musste.

Beichte

Als Timo gegen halb neun mit der Judotasche voll sauberer Wäsche, Takahashis Apartment betrat, lag der mit bloßem Oberkörper und angewinkelten Beinen auf dem Futon und ruhte sich aus.

Timo war aufgeregt und musste unbedingt sofort seinen Plan Takahashi unterbreiten. Er setze sich zu ihm und begann:

„Was hältst du davon, wenn ich mit Ayumi eine kleine Reise mache? Also nur wir zwei für zwei Tage. Meinst du, deine Schwester wird zustimmen? Wir kennen uns ja schon, seit ich in die Schule gekommen bin, also schon Monate.“ Takahashi richtete sich auf, zwinkerte Timo zu und zündete sich eine von seinen scheußlich süßen Zigaretten an. „Magst du?“ Timo lehnte ab.

„Freitagabend um halb elf geht es mit der Fähre los und am Sonnabendmorgen um neun kommt man auf der Insel Hachijojima an.“ Das hatte man ihm im Reisebüro erklärt. „Wir übernachten in einem japanischen Hotel, einem einfachen Ryokan. Und die Rückfahrt ist Sonntagnachmittag. Wir werden so um neun abends wieder in Tokio ankommen. Das wird bestimmt ein tolles Wochenende für uns beide, und Ayumi kann sich mal von der Arbeit und den Krankenhausbesuchen bei ihrer Tante ausruhen. Es ist nur schade, dass es nicht ein paar Tage länger geht.“

„Ich denk schon, dass meine Schwester damit einverstanden ist, sie hat einen Narren an dir gefressen.“ Takahashi blies den Rauch langsam gegen die Zimmerdecke. „Aber seitdem ich dich kenne, kann ich das ganz gut verstehen. Du bist ein sehr netter Junge.“ Er nickte ihm aufmunternd zu.

Das *ein sehr netter Junge* brannte in Timos Körper. Nein, das war er sicherlich nicht. Nach dem Fortgang seines Vaters, hatte sich sein Leben gedreht. Warum war er so geworden, wie er geworden war? Wie war er bloß so geworden?

Am ersten Tag auf der Insel buchten sie einen Schnorchel-Kurs, ein Wunsch von Ayumi. Sie war Anfängerin. Timo hatte mit Freunden schon einige Male in der Ostsee getaucht, aber das, was sich ihm hier unter Wasser bot, war überwältigend. Er konnte nicht genug vom Tauchen bekommen.

Ayumi beobachtete ihn dabei immer wieder – wie sich sein Körper im Wasser bewegte und wie das Licht auf der Haut schimmerte. Danach genossen sie ihre gemeinsame Zeit, und Timo machte für seine Ayumi jede Menge Handstände und Rückwärtssaltos am Strand. Beide hatten sich Strohhüte auf den Kopf gestülpt und genossen die Sonne auf ihrer Haut. Sie cremten sich immer wieder gegenseitig ein, nicht nur, um einen Sonnenbrand zu vermeiden.

Am Abend saßen beide im Ryokan im Speisesaal, in Sommer-Yukatas, die sie nach dem Baden in der hoteleigenen heißen Quelle angelegt hatten. Bevor das Essen kam, zupfte Ayumi Timo am Yukata.

„Jetzt wird dein Geburtstag gefeiert!", rief sie und entkorkte geschickt eine Sektflasche, die die Bedienung dezent im Sektkühler versteckt vorbereitet hatte.

„Wie kommst du denn darauf, Ayumi. Woher weißt du das?" Timo errötete. Er hatte selbst nicht an seinen Geburtstag gedacht, als er die Reise bestellt hatte. Nein, er hatte etwas anderes im Sinn gehabt. Etwas, das er nicht länger verheimlichen durfte.

„Das ist doch nicht schwer aus deinen Bewerbungsunterlagen für die Sprachschule herauszufinden. Heute bist du zwanzig Jahre und damit in Japan volljährig, und du darfst endlich auch offiziell Alkohol trinken. Das muss gefeiert werden." Sie tranken sich einander zu und schämten sich auch nicht vor den anderen Gästen, ihren ersten öffentlichen Kuss auszutauschen. Einmal, zweimal. Mit einem strahlenden Lächeln holte sie ein Päckchen hervor und überreichte es Timo. „Mach auf! Es ist mein Geburtstagsgeschenk für dich."

Timo riss das Papier hastig herunter. Zum Vorschein kam ein japanisch-japanisches Wörterbuch für Judobegriffe. Fast wären ihm vor Freude die Tränen gekommen. Wenn sie nicht im Speisesaal mit anderen Gästen gewesen wären, wäre Timo Ayumi um den Hals gefallen und hätte sie gedrückt.

Das Abendessen bestand aus Fisch, gekocht, gegrillt und auch roh, aus eingelegtem Gemüse und natürlich Reis, so viel man essen konnte.

Als Höhepunkt gab es ein Mini-Matsusaka-Steak und als Nachtisch ein Stück Melone. Dazu tranken sie Rotwein aus Frankreich.

„Das war das beste Geburtstagsessen, das ich je gegessen habe und der allerbeste Geburtstagsbesuch, den ich je bekommen habe.“ Timo war so glücklich, dass er fast beschloss, Ayumi das nicht zu beichten, was er ihr unbedingt beichten musste, weswegen er überhaupt diese Reise geplant hatte.

„Und ich schließe mich dem an. Das war heute der schönste Tag in meinem Leben. Danke Timo, für die tolle Reise, meine zweite Hälfte.“ Ayumi glühte.

Nach dem Essen wanderten beide Hand in Hand auf die Terrasse. Es war ein lauer Septemberabend. Auf das bleifarbene, endlose Meer hatte sich ein Dunstschleier gelegt, und ein kühler Wind umspielte sie.

„Wie wird unser Leben in fünf Jahren aussehen, Timo?“ Ayumi nahm seine Hand. „Werden wir zusammen sein oder führt jeder sein eigenes Leben. Du in Deutschland, ich hier in Japan, und dieser wunderschöne Abend ist bereits vergessen.“

„Ob wir in fünf Jahren noch zusammen sind, ich weiß es nicht. Ich muss dir heute etwas über mich erzählen, damit du mich besser kennen lernst. Vielleicht verlässt du mich dann. Ich wäre traurig darüber, aber es ist nicht zu ändern. Ich bin nicht der, für den du mich hältst.“ Timo begann zu flüstern, als fürchte er, jemand anderes höre mit. „Ich habe mit Taemin Leute überfallen, manchmal recht brutal, und sie ausgeraubt. Ich weiß nicht mehr, wie viele Überfälle wir begangen haben und wie viel wir dabei erbeuteten. Ich habe den Überblick verloren. An die

Menschen, die wir überfielen, habe ich dabei nie gedacht. Sie waren für mich nichts anderes, als eine Geldquelle und die Zielscheibe meiner Tritte oder Schläge, um mich im Judo zu bestätigen. Das alles wäre vielleicht nicht so schlimm. Doch der Tod eines unserer Opfer", Timo stockte, suchte nach Worten, „hat mir einen Stoß versetzt, genauso einen, wie ich denen ausgeteilt hatte." Er sprach immer leiser und hörte schließlich auf. „Oder wie soll ich es sagen. Ich weiß es nicht." Eine Stille lag zwischen den beiden. Ayumis Gesicht war starr geworden.

"Nein", hauchte sie, „das glaube ich dir nicht."

„Doch. Weißt du, es gibt beim Judo Techniken, die zu Verletzungen führen können. Das ist manchmal nicht zu vermeiden, auch wenn sich alle an die Regeln halten. Aber das habe ich nicht getan. Ich wollte immer mehr. Ich wollte das erleben, was allen verwehrt ist. Ich wollte nicht, wie ein zahmer Vogel nur vom Fliegen träumen, ich wollte wirklich fliegen." Er machte eine Pause und wischte sich über die Augen. „Ich war mit einfachen Überfällen nicht zufrieden. Mir ging es nicht nur um die paar Yen. Doch, auch schon, aber ich machte das vor allem, weil ich Judo Techniken an Menschen ausprobieren wollte, die verboten sind, weil sie zu heftigen Verletzungen führen können. Einen kampfunfähig zu schlagen, das war mein Ziel, nicht ein ehrlicher Judowettkampf." Timo blickte ins Leere und spielte mit dem Saum seines Yukatas. „Wenn ich darüber nachdenke, Taemin ist bestimmt ein besserer Mensch als ich. Oyaji-gari ist kriminell, okay. Aber was ich wollte, ging darüber hinaus."

Mit brüchiger Stimme fügte er hinzu: „Ich wäre bereit gewesen, einen Menschen zu töten, nur um mir selbst zu bestätigen, dass ich die Technik dazu draufhabe. Und das ist sicherlich das Allerschäbigste. Kannst du das verstehen? Nein, ich denke, das kannst du nicht. Das kann kein normaler Mensch verstehen. Und doch war es bei mir so. Ich war stolz darauf, so etwas zu können."

Timo war froh, alles berichtet zu haben. Es war eine Beichte gewesen, obwohl er nicht recht wusste, was beichten überhaupt war. Jetzt fühlte er sich besser. Nein, das stimmte nicht. Er fühlte sich immer noch schlecht und trotzdem besser.

Über den schwarzen Ästen der Birken schimmerte der Mond. Das Meer war bald nicht mehr von der Nacht zu unterscheiden.

„Ihr habt einen Menschen umgebracht?" Timo nickte, begann leise zu weinen und erzählte Ayumi von ihrem letzten Überfall.

„Und wenn du deinem Bruder sagst, er soll so einen elenden Verbrecher aus seinem Zimmer jagen, dann ist das in Ordnung für mich. Ich hab's halt auch nicht anders verdient."

Nach einer langen Zeit des Schweigens, raunte Ayumi in die Dunkelheit:

„Jugendliche können manchmal grausam sein. Ich weiß das von meinem Bruder. Ich glaube, Jugend ist für viele eine Krankheit und die muss man heilen. Wird sich Taemin stellen, wenn er wieder zurückkommt?"

„Ich glaube nicht. Und allein zur Polizei zu gehen und ihn dabei zu verpetzen, kann ich nicht. Er ist trotz allem mein Kumpel und war immer gut zu mir. Er ist volljährig.

Ich war es damals noch nicht und er wird die volle Strafe bekommen."

„Mit zwanzig musst du diese Zeit hinter dir lassen, das musst du mir fest versprechen. Mein Bruder hat sich auch geändert. Er war ein Bosozoku. Du weißt doch, was das ist? Das sind die Kids, die mit unerlaubt modifizierten Motorrädern, ohne Schalldämpfer, wie Verrückte durch die Straßen heizen, Tempobeschränkungen oder rote Ampeln einfach ignorieren und gerne mit der Polizei Katz und Maus spielen. Das machen sie aus Übermut. Unsere Mutter musste ihn zwei Mal von der Polizeistation abholen. Einmal, weil die Clique einen schweren Unfall verursacht hatte", sagte Ayumi mit einem finsteren Gesicht.

„Ein älterer Mann musste für mehrere Wochen ins Krankenhaus. Mein Bruder hat ihr viel Kummer bereitet. Jetzt tut es ihm leid. Mit achtzehn fing er an, sich zu ändern, sein Leben gemäß seinen Anlagen und Fähigkeiten nach besten Kräften zu nutzen. Unserer Mutter hat er dann nie mehr Sorgen bereitet. Daran merkte ich, dass mein Bruder endlich erwachsen geworden war. Genauso musst du dich auch ändern. Was geschehen ist, ist passiert. Vergiss es aber niemals! Nimm es als Mahnung für dein weiteres Leben, als nun Erwachsener."

Timo brachte ein leises, „ich vergesse es bestimmt niemals", hervor. Ayumi seufzte und betrachtete ihre zweite Hälfte. Was hatte da das Schicksal nur zusammengefügt?

„Ab heute musst du nach vorne schauen. Ich will dich nicht verlieren. Ich mag dich irgendwie. Ich habe Krallen und lasse nicht gern etwas los. Ich helfe dir, auf den rechten Weg zu kommen, denn du bist unter die Räder geraten, wie der Hans. Aber ich helfe dir. Du bist kein schlechter Kerl. Morgen ist ein neuer Tag, und du beginnst ein neues Leben. Bitte, versprich es mir!“

Timo nickte. „Ja, das verspreche ich dir“. Er fühlte, dass er in seinem Leben einen Schritt weitergekommen war.

„Timo, du darfst nie wieder vom rechten Weg abkommen. Sonst ist es aus mit uns.“ Damit küsste sie Timo vorsichtig auf den Mund, und sie umarmten sich lange.

Am nächsten Tag gingen sie schweigend zum Hafen, beide in ihren eigenen Gedanken versunken. Der frische Wind, der über die Hafenanlagen hinwegstrich, tat ihnen gut. Mit neunzehn war Timo hier angekommen, mit zwanzig verließ er die Insel. Ein neues, sauberes Leben sollte, musste für ihn beginnen!

Als die Skyline von Tokio, die es mit New York leicht aufnehmen konnte, mit den Wolkenkratzern und den tausenden von Lichtern, vor ihnen auftauchte, riesige Neonreklametafeln sie begrüßten und sich ihre Reise endgültig dem Ende näherte, da waren sich beide bewusst, dass ab jetzt ein neues Kapitel in ihrer Beziehung begann. Timo war erwachsen geworden.

Neuanfang

Timo hatte die Judotasche mit seiner Schmutzwäsche geschultert und auch noch wieder Takahashis mitgenommen und war auf dem Weg zum Studentenheim. Seit gestern Abend waren sie wieder zurück von der Insel. Takahashi hatte er am Morgen nicht mehr angetroffen, der war schon zur Arbeit gegangen. Er hätte ihm so viel zu erzählen gehabt, sein Herz war voll. Wenn Takahashi von der Arbeit käme, würde er zurück sein und ihm alles berichten.

Als er im Studentenheim ankam, schaute er zunächst nach seiner Post. Es gab für ihn nur Werbung im Postfach und eine Nachricht von seiner Mutter. Sie hatte ihm mit einem herzlichen Glückwunsch zum zwanzigsten Geburtstag zweihundert Mark überwiesen. Gönne dir einmal etwas ganz Besonderes, hatte sie hinzugefügt. Timo wären fast die Tränen gekommen, als er sich vorstellte, wie seine Mutter stolz war, ihm diesen Betrag schicken zu können, während er hier mit gestohlenem Geld nur so um sich geworfen hatte und noch stolz darauf gewesen war. Sie fragte, wann er denn in Deutschland ankäme. Er schrieb kurz zurück: schon bald. Und, du brauchst mir nichts mehr zu schicken, ich komme zurecht. Liebe Grüße, Timo.

Er schickte die Nachricht ab und trommelte mit den Fingerkuppen auf den Schreibtisch. Es war still im Haus.

Die Bewohner waren alle ausgeflogen, was er bedauerte. Er hätte gerne wieder einmal mit dem einen oder anderen gesprochen. Deswegen war er ja auch hierhergekommen.

Weil er allein war, zog er sich im Waschraum bis auf die Unterhosen aus, befüllte die Maschine und wartete. Als die Wäsche fertig war, machte er sich auf den Weg zur Sprachschule. Nicht zum Unterricht, dafür war es schon zu spät. Er musste unbedingt Ayumi treffen und sich bei ihr für ihr Verständnis bedanken. Ihm schlug das Herz bis zum Hals.

Ayumi saß, wie immer, an ihrem Schreibtisch, der von Taemin war leer. Sie begrüßte ihn, wie vorgeschrieben mit Herr Feldmann, aber ihre Augen sprachen zu ihm: guten Morgen Timo, meine liebe zweite Hälfte.

„Ich habe heute ausgeschlafen", begann Timo, „und bin zu spät für die Schule, aber morgen komme ich wieder rechtzeitig. Das verspreche ich dir. Wenn du Lust hast, können wir nachher etwas im Coffee-Shop zu Mittag essen. Ich möchte mich bei dir bedanken und muss auch etwas, was mich traurig macht, mit dir besprechen."

„Ich wusste, dass du heute hier auftauchst." Ayumi holte zwei Lunchboxen hervor und strahlte Timo an. "Die essen wir draußen im Park, komm. Das schmeckt bestimmt besser, als im Coffee-Shop."

Als sie fünfzig Minuten später auf einer sonnenbeschienenen Bank im Park saßen und ihren Lunch verzehrten, stellte Ayumi die Frage, vor der sich Timo gefürchtet hatte.

„Und was gibt es Trauriges?"

„Du weißt, ich muss schon bald zurück nach Deutschland, mein Studium anfangen. Wir müssen uns trennen!“ Nach einem Augenblick fügte er hinzu: „Aber wozu gibt es das Internet. Ich möchte gerne mit dir in Verbindung bleiben und wenn es klappt, treffen wir uns wieder hier in Japan, in meinen Semesterferien. Aber für ein paar Monate oder auch etwas länger kann ich meine zweite Hälfte nicht real treffen und das macht mich traurig.“ Timo ergriff ihre weiche Hand.

„Vielleicht bin ich eher in Deutschland, als dass du wieder nach Japan kommst“, lachte Ayumi Timo an. „Du weißt, ich mag das Ausland, das liegt wohl an meinen Genen, da meine zweite Hälfte ja aus dem Ausland stammt. Ich habe genug gespart und wenn du sagst, ich soll einmal kommen, dann mache ich das auch. Die paar Monate werden wir schon getrennt zurechtkommen.“

„Na klar, und wir können dann auch mal checken, ob der alte Platon mit seinen Kugelmenschen recht hatte oder nicht.“ Für Timo kam das alles zu schnell, für Ayumi war es keine Frage. Nur, ob die Anziehungskraft auch über tausend Kilometer wirkte? Ob Platon damals an weit entfernte Kontinente gedacht hatte, beunruhigte sie etwas.

Timo war der glücklichste Mensch der Welt, als er wieder in Takahashis Apartment ankam. Es war noch früh am Tag. Ihm war es einfach danach, er begann das Apartment zu fegen, wie er es beim Judo gelernt hatte. Danach kam die Duschkabine mit Aufwischen an die Reihe.

Unterwegs hatte er sich eine Klobürste gekauft und begann nun hingebungsvoll die verkrustete Kloschüssel sauber zu schrubben. Er wusste von Nakai-Sensei, dass die Kloreinigung einen wichtigen Stellenwert im Buddhismus einnahm, wenn es um Schuld und Sühne ging. Und er hatte einiges abzuarbeiten. Erst als die Kloschüssel wie neu glänzte, ließ er von ihr ab. Das Saubermachen zog sich hin, bis Takahashi nach Hause kam. Und der staunte nur.

„Danke, Timo. Du bist ja super. Als Belohnung habe ich eine mega gute Nachricht für dich", begann Takahashi und dessen Augen strahlten. Rate mal was?"

„Ayumi hat dir gebeichtet, dass sie mich liebt?" Was sollte es sonst sein.

„Das muss sie nicht mir sagen, sondern dir. Nein, es ist etwas ganz anderes, denk mal nach." Was kann es schon sein, außer Ayumi, überlegte Timo und schwieg. „Am Wochenende war ich mit meinem Kollegen, Hiroshi, in deiner Judoschule und wir haben dort deinen Judo Lehrer getroffen. Hiroshi hat bei ihm eine Zeit lang trainiert." Timo starrte Takahashi mit offenem Mund an. „Du kannst wieder hingehen und deinen Kurs beenden", fuhr Takahashi fort, „also du hast noch sechs Tage."

Hatte er richtig verstanden? So viel Japanisch beherrschte er schon. Verhört hatte er sich bestimmt nicht. Er richtete sich auf und schaute Takahashi ungläubig an.

„Und ihr habt bestimmt mit meinem Lehrer, Nakai-Sensei, gesprochen?" Takahashi antwortete nicht sofort. Er streckte sich, angelte nach seinen süßlichen Zigaretten und lächelte verlegen. Mit einer Zigarette im Mundwinkel reichte er die Schachtel Timo.

„Genau, mit wem denn sonst? Der ist doch dein Lehrer, oder etwa nicht?“

„Und er hat dir wirklich gesagt, dass ich wiederkommen darf?“ Takahashi nickte. Timo verzichtete auf die Zigarette. Jetzt galt es fit für die Prüfung zum schwarzen Gürtel zu werden.

Timo fand sich am folgenden Tag lange vor Unterrichtsbeginn in der Judohalle ein, schnappte sich einen Besen und begann die Matten in der Halle zu fegen. Das musste er tun, ob sein Lehrer es bemerkte oder nicht. Er musste sich reinigen. Dazu gehörte, dass er Aufgaben übernahm, die Übungen in Demut darstellten. Den Fußboden zu putzen, war eine wichtige Beschäftigung im Buddhismus, um zu sich selbst zu finden. Das hatte er von Nakai-Sensei gelernt.

Zwei Schüler waren bereits in der Halle beim Fegen und betrachteten ihn argwöhnisch, als er hinzukam.

„Ich glaube, ich habe dich hier schon oft gesehen. Du bist nicht neu hier, oder?“, erkundigte sich einer und schielte dabei auf Timos braunen Gürtel.

„Nein, ich habe nur eine Pause gemacht“, wich er der Frage aus.

„Bist du deswegen von Nakai-Sensei zum Fegen verdonnert worden? Hast du etwas ausgefressen?“ Timo nickte leicht, antwortete lieber nicht. Es war zu kompliziert.

Die zwei tauschten kurz einen Blick aus und nickten ihm zu. Mehr Worte waren nicht nötig, die drei fegten stumm zusammen.

Noch ehe der Unterricht begann, suchte Timo seinen geliebten Lehrer auf. Er verbeugte sich ehrfürchtig vor ihm und kniete sich seitwärts hin.

„Nakai-Sensei, ich danke Ihnen für die große Gnade, mich Unwürdigen wieder als Ihren Schüler zu akzeptieren." Das hatte ihm Takahashi beigebracht. Timo holte das Ate-Mi-Waza aus seiner Judojacke und schob es auf der Matte in Richtung seines Lehrers.

„Entschuldigen Sie bitte mein törichtes Verhalten, Nakai-Sensei. Ich habe es gestohlen und gebe es hiermit zurück. Ich weiß, was ich getan habe, ist unverzeihlich und ich hätte es augenblicklich zurückgeben müssen." Timo fürchtete, dass sein Lehrer ihn fragen würde, ob er sich eine Kopie davon gemacht hatte und lügen wollte er nicht wieder. Nakai-Sensei schaute jedoch das Heft kaum an und stellte ihm eine vollkommen andere Frage.

„Timo, antworte mir. ‚Wenn man in beide Hände klatscht, entsteht ein Ton. Wie klingt das Klatschen einer Hand?' Was meinst du?" Dass er ihm diesen Koan einmal geben würde, hatte er geahnt. Nicht gerade heute, aber bestimmt irgendeinmal. Es gab sicherlich keinen Schüler in der Schule, der diesen Koan nicht kannte. Warum ihm sein Lehrer jetzt diesen Spruch vortrug, konnte er sich nicht erklären. Er schaute seinen Lehrer ratlos an. „Das ist Zen. Du brauchst mehr Ruhe. Dein Leben ist zu hektisch. Denke darüber nach und komme morgen mit einer Antwort zu mir. Lerne zielen, ohne zu zielen, und dein Judo und dein Leben werden perfekt sein."

Damit stand er auf und ließ ihn mit dem Heftchen zurück. Genau, das ist es, fiel es Timo wie Schuppen von den Augen. Mein Lehrer hatte recht. Das Zielen ist nicht das Ziel. Das Ziel ist die Harmonie mit sich selbst und mit seinem Gegner. Ich war nur auf mein Zielen aus. Er nahm das Heft, verbeugte sich und begab sich zu den anderen wartenden Schülern.

Warum hat mein Lehrer das Heft nicht angenommen, fragte sich Timo wieder und wieder. Weiß er, dass ich mir eine Kopie davon gemacht habe und so das Zurückgeben sinnlos ist? Verlangt er von mir, dass ich die Kopie vernichte, ehe ich ihm das Heft zurückgebe? Timo beschloss, seine Kopie zu verbrennen.

Zur festgesetzten Zeit versammelten sich alle Schüler und verneigten sich vor ihrem Lehrer, wie immer vor dem Trainingsbeginn. Danach hockte sich Timo auf den Boden und wartete. Er wusste, heute würde er nur das Fallen üben dürfen, sofern er überhaupt bereits wieder mitmachen konnte. Nakai-Sensei beachtete ihn kaum. Das war Timo egal. Ab heute war er wieder ein Teil der Gruppe und sein Ziel in Reichweite, wenn er nur bescheiden ausharrte und keine Torheit mehr anstellte. Nachdem er sich eine Trainingseinheit von jüngeren Schülern auf die Matte hatte werfen lassen müssen, ließ ihn Nakai-Sensei gegen starke Judokas im Randori kämpfen.

Nach dem Unterricht blieb er länger, übte mit anderen Judokas Bein- und Fußwürfe. Besonders das Rückwärtsfallen. Nachdem sich die Halle fast geleert hatte, ging er in die Ecke, in der Nakai-Sensei saß.

Er verbeugte sich, kniete seitwärts von ihm nieder, hockte sich auf die Fersen, legte die Handflächen auf den Boden und verneigte sich, bis die Stirn fast den Boden berührte. In dieser Stellung verharrte er.

„Ich bedanke mich für Ihre Großzügigkeit, verehrter Nakai-Sensei. Ich habe heute sehr gerne wieder in Ihrem Dojo geübt. Ich werde von jetzt an alles tun, um Ihre Gnade zu verdienen."

„Komm morgen wieder, dann bereite ich dich auf die Prüfung vor. Du hast einiges versäumt, das musst du nachholen." Damit war Timo noch nicht entlassen, das wusste er. Er wartete in seiner demütigen Haltung. Nakai-Sensei schaute auf ihn hinunter und langsam begann er, wie in einem Singsang: „Also, ‚ein Schüler fragte seinen Meister: was ist das wunderbare Ding? Sein Meister antwortete: Allein zu sitzen auf dem Gipfel des Berges. Der Schüler machte eine tiefe Verbeugung. Da schlug ihn der Meister ins Gesicht.' Was meinst du dazu?"

Timo schwieg. Er war kein Buddhist und ebenso kein Gelehrter. Aber so viel verstand er, dass sein Lehrer ihm einen Schlag ins Gesicht versetzt hatte, und das war notwendig gewesen, damit er verstand, was unwesentlich und was wesentlich war. Das dämmerte ihm.

„Ihre Bestrafung, verehrter Meister Nakai, war notwendig, um mir die Augen zu öffnen und mich auf den rechten Weg zu führen. Ich bedanke mich dafür." Sein Judolehrer nickte mit halb geschlossenen Augen und Timo war entlassen.

Er duschte, alberte unter der Dusche mit den anderen Schülern wie früher herum und spritzte einen nach dem anderen nass.

So fröhlich war er schon lange nicht mehr gewesen und es war ihm, als wäre er aus einem bösen Traum erwacht. Jetzt galt es, den Tag zu leben.

Sayonara

Der Herbst kündigte sich mit Laubverfärbung allmählich an. Als Timo alle Prüfungen bestanden und endlich den lang ersehnten schwarzen Gürtel erhalten hatte, gingen er und Takahashi am nächsten Tag zur Judoschule, um sich bei Nakai-Sensei zu bedanken. Timo hatte einen Baumkuchen gekauft. Das war ein Geschenk, das alle Japaner erfreute. Der Rat kam von Ayumi.

„Und wie ist nun deine Antwort?“, fragte ihn Nakai-Sensei, als Timo sich demütig neben ihn gehockt hatte. „Wie klingt das Klatschen einer Hand? Hast du nachgedacht?“

„Verehrter Meister, ich denke, es gibt keine Antwort, wie es auf viele Fragen, die einen bewegen, keine letzte Antwort gibt.“ Timo zögerte, ehe er fortfuhr. „Nur, ich denke, man kann sicherlich nicht allein mit den Ohren hören, sondern ebenso mit seinem Körper. Das muss man sich antrainieren. Und wenn alle fünf Sinne mitmachen und dazu noch das Herz, dann hört man sein eigenes Ich und auch sicherlich das Klatschen mit nur einer Hand.“

Nakai-Sensei legte ihm die Hand auf die Schulter und gratulierte ihm. „Du hast es geschafft. Ich wünsche dir viel Glück in Deutschland, auch wenn ich etwas in Sorge bin. Denke daran, ein echter Judoka schlägt oder tritt nie seinen Gegner. Ich glaube, das musst du noch lernen. Für dich war immer die Technik wichtig. Aber denke auch an die Philosophie des Judo: Siegen durch Nachgeben.

Wir sind keine Kämpfer, sondern Sportler! Verbrenne die Kopie und du wirst Ruhe haben."

„Sehr verehrter Meister Nakai, ich wäre heute nicht zu Ihnen gekommen, wenn ich meine Kopie nicht verbrannt hätte. Sie existiert nicht mehr." Damit schob er das Ate-Mi-Waza-Heftchen über die Tatami zu seinem Lehrer, der es dieses Mal annahm.

„Wenn du an meine Ermahnungen denkst, ist das der beste Dank für mich. Komm, wir geben uns die Hände. Du warst ein aufmerksamer Schüler, und ich habe dich gerne unterrichtet." Beide standen auf. Timo verstand, dass dies eine große Ehre für ihn war, denn Händeschütteln war in Japan, und besonders hier im Dojo, nicht üblich. „Und merke, trainieren ist nicht der einzige Weg zum Judo." Dabei legte er ihm die Hand auf die rechte Schulter und fuhr fort: „Du hast einen bemerkenswerten Weg genommen. Daher lasse mich dir das für dein zukünftiges Leben mitgeben: ‚Wenn Geist und Leib vollständig befreit sind, wünscht der heilige Einsiedler nicht, zum Grafen erhoben zu werden.' Beherzige das und setze deine Füße in diesem und allen folgenden Leben immer mit Bedacht auf festen Boden." Damit war Timo entlassen. Er verneigte sich noch einmal, und es durchflutete ihn wie Eiswasser. Es gab kaum eine bessere Beschreibung, als die des Grafen für ihn. Genau das hatte ich werden wollen, ein Mann mit Reichtum und Einfluss. Sein Lehrer war ihm unheimlich. Hatte sein Lehrer die ganze Zeit gewusst, was ihn bewegt hatte?

Nakai-Sensei entließ die beiden mit einem aufmunternden Lächeln, das Timo noch nie bei ihm bemerkt hatte.

Sein Lehrer erhob sich und ging, wie gewohnt, zu seinen Schülern, berichtigte ihre Beinstellungen und gab Ratschläge. Timo blieb mit Takahashi noch einen Augenblick am Ausgang des Dojos stehen. Er berührte die Wand, an der er gehockt hatte, wenn er auf seinen Einsatz wartete, sah die im Randori kämpfenden Judokas, wie durch einen Schleier, hörte wie von Ferne ihre Kampfschreie und mittendrin schwebte sein Lehrer. In diesem Augenblick wusste er, dass er in seinem Leben noch etwas gutzumachen hatte und damit war es ihm ernst. Der Zahnarzt und alle anderen Opfer verlangten nach Umkehr. Etwas in Timos Inneren rieselte zusammen.

Vielleicht sollte ich Arzt werden, überlegte er, nach Afrika oder Südamerika gehen und mich den Ärzten ohne Grenzen anschließen. Oder Ähnliches. Auf jeden Fall muss ich als Sühne etwas für die Gemeinschaft tun. Ob Ayumi mich begleiten wird? Bis nach Afrika? Bestimmt, denn wir gehören fest zusammen, und sie mag ja das Ausland.

„Morgen Abend machen wir eine Party bei mir im Apartment", teilte Takahashi Timo freudestrahlend auf dem Heimweg mit. „Keine Sayonara-Party, denn du kommst ja wieder nach Japan, wie mir meine Schwester berichtet hat, sondern eine tolle Party als Gratulation für den Erhalt des schwarzen Gürtels. Darauf ist selbst Hiroshi mit seinem erst blauen Gürtel neidisch."

„Wow super. Ich bin heute so froh, dass ich explodieren könnte! Ayumi kommt doch auch?"

„Natürlich! Und wenn du willst, kannst du auch jemand von deinen Freunden einladen, aber nicht zu viele. Du weißt ja, es ist etwas eng bei mir."

Doch Timos Fröhlichkeit war nur aufgesetzt. Für übermorgen hatte er in aller Stille den Rückflug gebucht. Er musste zurück, denn sonst würde er den Einstieg ins Wintersemester nicht mehr schaffen.

Er hatte etwas Besonderes vor: Das Medizinstudium, und da gab es viele Hürden.

Der Gedanke, Japan zu verlassen und besonders Ayumi zurücklassen zu müssen, gab ihm einen Stich ins Herz. Aber es musste sein.

Einen Tag länger, eine Woche, einen Monat oder ein Jahr länger, es würde nichts bringen.

Als die Party zu Ende ging, wie einmal alles zu Ende geht, und sich Takahashis Freund Hiroshi und Kenji vom Studentenheim verabschiedeten, wie auch Takahashi, um noch zu Freunden zu gehen, steckte ihm Timo einen Zettel zu.

„Für Ayumi," flüsterte er. „Gib ihn Ayumi erst nach meinem Abflug. Sie soll nicht traurig sein, wir sehen uns bestimmt wieder."

Es war ein selbstgebasteltes Haiku, sein allererstes. Es war kein perfektes Haiku, nein, bestimmt nicht! Aber es benannte eine Jahreszeit, wie es sich bei einem korrekten Haiku gehört. Und die Silbenzahl stimmte. Das war eine Leistung für jemanden, der erst seit einem halben Jahr die Sprache erlernte.

Herbstblumen im Wind
Rufen Auf-Wieder-Sehen
Du, vergiss das nicht!
Timo

Takahashi schmunzelte und steckte den Zettel in seine Tasche.

Als die Beiden alleine waren und Timo seinen morgigen Abflug beichtete, fragte Ayumi mit Tränen in den Augen: „Ich habe es geahnt, meine zweite Hälfte. Ich weiß, es muss sein. Wie viele Stunden haben wir beide noch?“ Timo legte seinen Arm fest um sie.

„Der Flug geht morgen fünf vor eins, und ich muss etwa zwei Stunden vor Abflug in Narita am Flughafen sein. Wir haben noch den Rest der Nacht und den Vormittag, also noch zehn Stunden.“

„Dann wollen wir die Zeit gut ausnutzen!“

Schlusswort / Danksagung

Während meines Aufenthaltes in Japan stolperte ich zufällig über eine Fernsehreihe über delinquente Jugendliche. Einem dieser jungen Leute schenkte seine Freundin das Buch ‚Unterm Rad' von Hermann Hesse, womit sie ihm zeigen wollte, dass er nicht, wie der Hans im Roman, alleine bleibt, als er in Schwierigkeiten kommt, sondern sie zu ihm hält und ihm helfen will, ein ordentliches Leben zu führen.

Wenn ich natürlich auch tausende Lichtjahre (um mit Timo zusprechen) von der Schreibkunst eines Herman Hesse entfernt bin, so gab mir doch diese Fernsehreihe den Anstoß, unter diesem Thema einen Roman zu schreiben. Viele Personen haben mir beim Manuskript geholfen, besonders Helge Bartelt. Ich bedanke mich auch bei Herrn Wolfgang Walter, der mir erlaubt hat, einige Koans aus seinem Buch „Koan Sammlung 1" zu zitieren.

Erwähnen möchte ich auch meine Schreibgruppe unter der Leitung von Agnes Domke. Zwar bekam ich, nicht nur von dort, heftigen Gegenwind zu meinem delinquenten Protagonisten Timo, aber auch viele wertvolle Anregungen. Ich möchte mich, last but not least, beim Tribus-Verlag bedanken, dass er dennoch das Buch, so wie es ist, auf den Markt gebracht hat.

Berlin, 31.10.2021

ISBN 978-3-7565-1289-8
00001
9 783756 512898
www.epubli.de